어쩌면
찬란한
우울의 팡세

어쩌면 찬란한
우울의 팡세

초 판 1쇄 인쇄 2020년 10월 21일
초 판 1쇄 발행 2020년 11월 4일

지은이 김승희
펴낸이 정중모
편집인 민병일
펴낸곳 문학판

기획 · 편집 · Art Director ｜ Min, Byoung-il
Art Director ｜ Lee, Myung-ok
편집책임 · 편집외주 최은숙

등록 1980년 5월 19일 (제406-2000-000204호)
주소 경기도 파주시 회동길 152
전화 031-955-0700 ｜ 팩스 031-955-0661~2
홈페이지 www.yolimwon.com ｜ 이메일 editor@yolimwon.com

© 김승희, 2020
© Fotografie 김승희
© 문학판 logotype 민병일, 2020
Printed in Seoul, Korea

ISBN 979-11-7040-033-2 03810

이 책의 판권과 사진 저작권은 지은이와 문학판에 있습니다.

이 책은 저작권법에 의하여 한국 내에서의 보호를 받는 저작물이므로 무단 전재와 복제를
금합니다. 이 책 내용의 전부 혹은 일부를 이용하려면 반드시 지은이와 문학판 양측의 서면
동의를 받아야만 합니다.

책값은 뒤표지에 있습니다.

문학판 은 열림원의 문학 · 인문 · 예술 책을 전문으로 출판하는 브랜드입니다.

문학판 의 심벌인 '책예술의 집'은 책의 내면과 외면이 아름다운 책들이 무진장 숨겨진

정신의 보물창고를 상징합니다.

이 도서의 국립중앙도서관 출판예정도서목록(CIP)은 서지정보유통지원시스템
홈페이지(http://seoji.nl.go.kr)와 국가자료공동목록시스템(http://www.nl.go.kr/kolisnet)에서
이용하실 수 있습니다. (CIP제어번호: CIP2020007882)

어쩌면
찬란한
우울의 팡세

김승희
베네치아
산문집

문학판

불멸이란 말을 몰라
날마다 찬란했다

이 글은 베네치아를 배경으로 쓴 하나의 팡세pensée 다. 팡세란 말이 사유나 생각, 사색을 의미하기에 이 책은 스토리나 서사가 없고 나라는 인간의 자아를 흘러가는 단편적인 사유의 편린들이 우발적으로 모여 있는 형식을 가졌다. 33세에 『33세의 팡세』라는 책을 썼는데 꼭 그만 큼의 세월이 흘러 또 하나의 팡세를 쓰게 되니 신의 은혜 에 감사한 마음이다. 파스칼의 『팡세』는 1부 '신 없는 인 간의 비참'과 2부 '신 있는 인간의 지복'으로 나누어져 있 는데 이 책은 그런 비참과 지복이 함께 어우러져 파동치 는 내적 모순의 사유록이라고 해야 할 것이다.

이 책은 전혀 기행문은 아니다. 또한 베네치아에 대 한 구상화도 아니고 추상화도 아니다. 그러나 베네치아 가 이 책의 배경이니만치 베네치아의 햇빛과 물결, 골목 길, 아름다운 문화유산들, 수상버스와 곤돌라, 예술과 역 사 등이 담겨 있고 베네치아 멜랑콜리, 베네치아 카르페 디엠, 베네치아 메멘토 모리 등이 담겨 있는 자기성찰적 글쓰기라고 부르는 것이 좋겠다. 이제 와 쓰는 자기 인생의 반성문? 연애편지? 베네치아의 거울 속에서만 보이는 자기 성찰의 모습이 담겼을 것이다. 거울을 바꾸기 위하여 우리는 여기저기 누더기 같은 자아를 이끌고 여행을 다니는 것이 아닌가. 그렇게 자아란 통일성을 가지고 있는 단일한 것이 아니라 여러 거울의 전쟁 같은 것이다. 그렇게 거울이 여러 개라는 것을 깨닫는 것은 우리를 단일한 자아의 감옥으로부터 벗어나게 하는 해방감을 준다. 그래서 여행은 때로 거울의 이동과 눈부신 해방감이다.

그냥 가난한 마음으로 베네치아로 떠났다. 베네치아의 물결 속에 지금껏 나와 연관된 모든 이름을 버리고 다시 '글 쓰는 여자'가 된 것이 너무도 슬프고도 영광스러웠다. 글 쓰는 여자에게는 나이가 소용이 없다. 글 쓰는 여자라는 말, 그 속에는 외로움과 자유와 회한과 우울과 아픔과 고독과 카르페 디엠, 혹은 메멘토 모리의 희열이, 그 모든 것이 다 들어 있다. 글 쓰는 여자라는 말, 어떤 척도尺度로도 측량할 수 없고 제한할 수 없는 그 말이 나는 참 좋다. 하나의 빛이 모든 밤을 밝힌다는 것을 슬프게도 굳게 믿는 글 쓰는 여자. 조금은 찬란하고 조금은 우울한 그런 이야기. 어쩌면 아직도 그녀가 그곳에 살아 지금도 거기서 글을 쓰고 있을 것만 같다.

한국문학예술위원회의 권헌서 선생님, 베네치아 여행과 체류와 활동에 도움을 주신 여러 선생님들과 나의 코디네이터를 맡아준 줄리오, 파리, 런던대의 교수님들과 소르본 대학의 현지에게 감사의 마음을 전하고 싶다. 이번에 쓴 베네치아 산문, 『어쩌면 찬란한 우울의 팡세』를 내가 33세에 썼던 『33세의 팡세』와 함께 출간하면 좋겠다는 기획을 해서 이 책의 집필에 용기를 갖게 해준 문학판의 민병일 대표님과 편집을 맡아주신 최은숙 선생님, 디자이너 이명옥 선생님께 감사를 드린다. 또 내가 베네치아에 체류하고 있는 동안 미국에서 두 번씩이나 대서양을 건너 찾아와 많은 도움을 주고 멋진 사진을 찍어준 딸 박해인에게도 감사한다. 불멸이란 말을 몰라 날마다 찬란했던 그 하루하루가 오늘도 내 가슴에 저리도록 남아 있다. 모두들 그라치에!

2020. 10. 김승희

차
례

1부   나는 베네치아의 소녀시대

2부   가시나무새는 가시에 산다

3부 '덩달아'의 행복론

4부　인생은 각목 같은 것일지라도
　　　달걀은 소중하다

1부

나는
베네치아의
소녀시대

◇

햇빛이 좋아서
고독이 좋아서

숨이 멎을 듯이 아름다운 베네치아. 이 도시는 물과 빛과 색의 미묘한 조화가 이룬 순간의 꽃다발이다. 그 카르페 디엠을 폐허같이 하얀 벽들의 불멸이 받치고 있고 건물의 지붕마다 바니타스의 조각상들이 어른거린다. 그렇다. 베네치아에는 삶의 축복과 더불어 바니타스, 죽음의 눈이 어딘가에 숨어 있다. 우리는 삶을 볼수록 죽음을 바라본다. 대기는 투명해서 우리는 보지 못하지만 피부를 스치는 바람이나 풀잎, 나무, 물결을 흔드는 바람이나 소리를 통해서 느낀다.

햇빛이 좋아서, 바람이 좋아서, 사랑이 좋아서, 고독이 좋아서 베네치아. 솔레미오의 정신으로, 베네치

아. "본 조르네, 씨뇨라." "그라치에, 씨뇨라" 그 말이
어딘지 으쓱하게 좋다.

◇

낯익은 것들의
감옥

'에라 모르겠다'는 말은 너무 무책임한 말. '에라, 모르겠다'라는 말이 나는 참 좋더라. 에라, 모르겠다, 라는 마음으로 정년퇴임 후 서울을 떠나왔다. 사실 많은 것을 회고하고 미래를 설계해야 할 시점인데 아무것도 생각하기 싫었다. 그동안 너무 아등바등 살아왔고 시간 앞에서 나는 거지였다. 낯익은 것들로부터 떠나 낯선 것들의 신선함으로 혈관을 채워보려고 한 것은 지나친 욕심일까? 사실 시인이나 인문학 전공자들은 정년퇴임이 특별한 의미가 있는 것은 아니다. 죽을 때까지 목숨을 걸고 해야 할 문학이, 창작이 있기 때문이다. 내가 앞으로 할 일은 너무도 명백하다. 여행, 공부 그리고 글쓰기. 단지 차이가 있다면 매일 나가던 학교를 이제 안 나가고 매일 하던 강의를 안 한다는 것이고 시간이 많아졌고 돈이 적어졌다는 것인데 나는 원래 정기적으로 나가는 것이나 사람 앞에 나서서 말하는 일을 매우 어렵게 여기는 편이다. 그럼에도 몇십 년 하던 일이 끊어진다는 것은 상실감이 들고 생소하기만 하리라. 내가 그런 말을 좋아했던 사람이 아닌데 '에라 모르겠다' 갑자기 그 말이 떠올랐다.

사실 교수라는 사람은 모르는 것을 알려고 하는 열정과 의지가 유난히 강한 사람이 아니겠는가? 사실 나야말로 알고자 하는 열정과 모르는 것에 대한 탐구 의지가 유난히 강한 사람이다. '에라 모르겠다'와 정반대의 방향에서 살아왔는데 그래서 늘 평생을 고3 여학생처럼 살아왔는데 정년퇴임 후 맨 먼저 떠오르는 말이 고작 '에라 모르겠다'라는 말이라니 갑자기 나에게 유전자 변형이라도 일어난 건가? 거울을 보면 늙은 60대 여자의 영상이 나타나고 그것을 부정하고 싶은 마음뿐인데 현실은 그렇지가 않다. 마음은 여전히 문학청년이다.

그래도 복잡하고 귀찮은 일을 척결하는 데는 '에라 모르겠다' 그 말이 가장 유용할 것 같다. 아등바등 살던 시간의 거지에서 이제 시간의 주인으로. 그동안의 인생은 복잡하고 어려운 일이 너무 많았다. 복잡하고 귀찮은 일을 잘한다고 2등이 1등 되는 것은 아니다. 오히려 1등은 복잡하고 귀찮은 일 같은 것 잘 안 한다. 모든 2등이 꼭 1등이 되고 싶으리라고 억측하는 것 자체가 근대적인 모더니티의 오만이다. 1등 아니면 꼴등이라는 공식이 헬 조선을 만들었다. 지금은 포스트모던 시대. 나는 그저 3등 정도를 하고 싶다. 이것도 오만일까?

'에라, 모르겠다'고 상황을 상황 속에 던져놓고 베네치아에 왔다. 집 문 단속이나 제대로 했는지 모르겠다. 공항 리무진을 타려고 카카오 택시를 불렀는데 카카오 택시가 너무 빨리 도착해서 문 단속도 대충 하고 기사 아저씨의 눈치가 보여 막 뛰쳐나왔다. 문 단속은 공항 가는 길에 조카에게 전화를 걸어서 부탁했을 정도이니 '에라 모르겠다'란 말이 정말 맞는가 보다. '에라 모르겠다'는 말은 악다구니의 삶을 살짝 비켜날 때 생채기의 금이 안 갈 만큼만 면도날로 조금 스치면서 가볍게 탈주하는 것. 거기서 다시 시작한다. 아는 것들을 버리고 모르는 것에서 출발한다.

◇

베네치아풍의
그림엽서 속으로 들어가다

2017년 9월 갑자기 하늘에서 선물이 뚝 떨어진 것 같은 기회가 와서 나는 베네치아에 있는 카포스카리 대학교에 '라이터 인 레지던스'로 3개월 간 체류하기 위해서 9월 9일 루프트한자 비행기를 타고 베네치아로 떠났다. 이탈리아어는 한 마디도 못하는 데 어쩌지? 그런 두려움도 없이 떠났다. 오늘날 세계는 극단적 오지를 제외하면 어차피 어설픈 영어로 대강 통일되어 있는 것이다. 내가 아는, 유일한 생존 이탈리아어 몇 마디. Buon Giorno(본 조르노, 아침인사), Buona Sera(부오나 세라, 저녁인사), Ciao(차오), Scusi(스쿠지, 실례합니다) Mi Scusi(미 스쿠지, 미안합니다). Grazie(그라치에, 고맙습니다). 이 정도면 죽지는 않는다. 본 조르노, 차오와 그라 치에면 최소한의 생존은 된다. 해외 공항에 내리는 순 간 우리는 어쩔 수 없이 생존과 언어의 미니멀리즘에 빠지게 된다. 사실 언어의 미니멀리즘이 곧바로 생존 의 미니멀리즘으로 연결되는 것이다. 그리고 나는 외 국에 갔을 때 언어의 미니멀리즘이 내 사고에 단순성 을 주는 것 같아 오히려 마음이 편하고 좋다.

베네치아의 마르코폴로 공항에 내렸다. 짐을 찾 고 입국장을 나서자마자 벌써 전광판에 번쩍이는 영 상들이 화려한 색채로 번쩍이고 있었다. 베네치아는 역시 색채의 도시! 입국장 앞에 나의 코디네이터로 일 하게 될, 줄리오 페터리가 기다리고 있었다. 카톡 사진 을 보고 낯을 익혀두었기에 보자마자 서로 손을 흔들 며 금방 알아보았다. 줄리오 페터리는 베네치아 토박 이 청년으로 카포스카리 대학교 한국어 전공을 졸업 하고 지금은 베네치아 세종학당 운영위원으로 근무하 고 있는 23살의 청년. 준수하고 착실하고 의젓했다. 버 스 안에서 우리가 한국어로 대화를 하고 있자 앞에 앉 은 동양인 젊은이 두 사람이 뒤를 돌아다보며 말을 건

넨다. "어머, 한국인이세요?" 그러다가 내 옆에 앉은 줄리오를 보고 놀란다. "앗, 이탈리아 분이 어쩜 이렇게 한국말을 잘하세요? 한국말이 너무 유창하세요." 그들에게 나는 한국인이고 줄리오는 베네치아에 있는 세종학당에서 운영위원으로 일하는 청년이라고 하자 너무 반가워한다. 자기들은 어제 서울에서 결혼한 부부인데 베네치아로 신혼여행을 왔다고 한다. 매우 피곤해 보였으나 어딘지 풋풋한 발랄함 같은 것이 느껴졌다. 그 신혼부부와는 수상버스를 타는 선착장에서 헤어졌다. 배낭을 메고 지도 한 장을 들고 어둠 속으로 배를 타고 떠나는 그들에게 손을 흔들며 행복과 행운을 빌어주었다.

리도 섬이 종착지인 1번 수상버스를 타고 본섬에 있는 카나레조 구의 카도로Ca'd'Oro에서 내렸다. 처음 보았을 때 낡고 비좁은 골목들 속의 집이 빈민굴 같아서 당황했는데 그것이 바로 그 유명한 베네치아풍의 집이었다. 이층 같은 삼층(베네치아의 집은 겨울철 해수면이 올라오는 아쿠아 알타를 대비해서 피아노라고 부르는 일층을 비워두기에 이층이 삼층이다)에 올라가 실내를 둘러보니 하얀 베네치아풍의 레이스 커튼과 벽에 걸린 그림 소품들이 눈에 들어왔다. 꽃과 여인, 대운하와 소운하와 물결과 집들. 베네치아의 모든 것은 생명을 예찬하고 있는 듯이 보인다. 그러나 중세 때 페스트의 습격으로 그 많은 사람들이 죽었던 비극적 역사의 기억 때문인지 어디에나 죽음의 그늘이 설핏 느껴졌다. 언젠가 피게레스에 있는 살바도르 달리 미술관에서 보았던 살바도르 달리의 침대 머리맡에 놓여 있던 해골 모양의 입상이 생각났다. 베네치아풍의 문화는 표면적으로는 어디서든지 무엇이든지 생명을 예찬하고 순간을 즐기라는 것처럼 보인다. 그러나 달리의 침실에서 본 것과 같은 메멘토 모리의 그림자가 모든 카르페 디엠 뒤에 존재하고 있음이 느껴졌다.

◇

로렌초 퀸의
조각품 「서포트」

    다음 날 아침에 나가보니 동네의 누보 스트라다 거리에는 캐리어를 끌고 걸어가는 관광객들이 가득하여 지상의 모든 사람들이 베네치아에 와서 카도로를 거쳐 리알토 다리, 산 마르코 광장으로 걸어가고 있는 것 같았다. 남녀노소 불문하고 지상의 모든 사람들이 베네치아로 캐리어를 끌고 몰려오고 캐리어를 끌고 베네치아를 걷고 있다. 그 말은 맞는 말이다. 서로 몸이 부딪칠 정도이니 말이다. 게다가 추석 명절에 카도로 거리를 걷다 전에 졸업한 제자를 두 명이나 우연히 만나기도 했다. 이탈리아 사람과 한국 사람은 기질의 혈액형이 비슷하다는 생각을 했다. 일단 목소리가 크고 거침이 없고 길에서나 수상버스 안에서 아주 큰 목소리로 통화를 하는 것이 보통이다. 특히 '알로라'라는 단어가 아주 많이 들렸다. 줄리오에게 물으니 알로라allora는 이탈리아어 접속부사인데 그런데, 그래서, 그러자, 그러면, 그건 그렇고, 그때……등의 의미로 일상 대화에서 아주 자주 쓰이는 말이라고 한다. 후에 '알로라'라는 제목으로 시 한 편을 썼다.

내가 처음 만난 베니스 비엔날레 작품은 카도로 역 바로 옆에 설치된 거대한 두 개의 손. 어, 어, 어, 저게 뭐지? 하는 동안 배는 풍경을 스쳐 지나갔다. 그것은 대운하 바로 옆에 있는 카사그레도Ca' Sagredo라는 호텔 벽면을 잡고 있는 (혹은 붙들고 있는) 「서포트 SUPPORT」라는 조각 작품이었다. 영화배우 앤소니 퀸의 아들인 로렌초 퀸이라는 조각가의 작품인데 지구 온난화로 인한 해수면 상승으로 언젠가 침몰할 것 같은 베네치아를 붙잡고 싶다는 열망을 두 손의 조각으로 표현했다고 한다. 인간의 손을 형상화한 이 작품은 거대한 자연의 파괴적 힘에 대항하는 인간의 간절한 소망을 담고 있다. 소멸이 예정되어 있는 존재의 전율과 불안의 아름다움을 그래서 베네치아는 반짝이며 보여주는 것이

영화배우 앤소니 퀸의 아들인 로렌초 퀸의 조각품. 제목은 「SUPPORT」. 기후 변화
로 언젠가 침몰할 것 같은 베네치아를 붙잡고 싶다는 소망과 슬픈 손의 욕망을 담고
있다.

다. 어디에나 2017년 베니스 비엔날레 표어인 Viva Arte Viva!(예술 만세!)라는 말이 적힌 깃발이나 포스터가 나부끼고 있는 베네치아에서 가장 많이 들리는 소리는 경탄하여 숨죽이는 소리, 카메라 셔터 누르는 소리. 그러나 요즈음엔 모바일 폰으로 사진을 찍기에 찰칵, 소리도 들리지 않는다. 그래도 도시 전체가 찰칵찰칵, 하는 카메라 셔터 누르는 소리와 숨죽여 경탄하는 소리 등으로 술렁거리고 있음을 느낄 수 있다. 술렁거림, 일렁거림–그것이 바로 생명의 리듬이 아니겠는가.

햇빛 아래 여행하는 사람들과 함께 걷고 아름다운 것을 보고 함께 웃고 있으면 나도 덩달아 행복해지는 것 같다. 우리는 '덩달아' 행복해지는 것을 체험하기 위해서 누추한 자기의 터전을 떠나 와아– 라는 함성이 절로 터지는 경이로운 곳으로 여행을 떠나는 것인지도 모른다. '덩달아' 행복해지는 비밀을 몸으로 직접 받기 위하여.

베네치아풍의 골목집

◇

「여행에의 초대」

모르는 곳으로 가서

모르는 사람이 되는 것이 좋다,

모르는 도시에 가서

모르는 강 앞에서

모르는 언어를 말하는 사람들과 나란히 앉아

모르는 오리와 더불어 일광욕을 하는 것이 좋다

모르는 새들이 하늘을 날아다니고

여기가 허드슨 강이지요

아는 언어를 잊어버리고

언어도 생각도 단순해지는 것이 좋다

모르는 광장 옆의 모르는 작은 가게들이 좋고

어쩌면 찬란한 우울의 팡세

모르는 거리 모퉁이에서 모르는 파란 음료를 마시고

모르는 책방에 들어가 모르는 책 구경을 하고

모르는 버스 정류장에서 모르는 주소를 향하는

각기 피부색이 다른 모르는 사람들과 서서

모르는 버스를 기다리며

너는 그들을 모르고 그들도 너를 모르는

자유가 좋고

그 자유가 너무 좋고 좋은 것은

네가 허드슨 강을 흐르는

한 포기 모르는 구름 이상의 것이 아니라는

그것이 좋기 때문이다

그것이 좋고

모르는 햇빛 아래 치솟는 모르는 분수의 노래가 좋고

모르는 아이들의 모르는 웃음소리가 좋고

모르는 세상의 모르는 구름이 많이 들어올수록

모르는 나의 미지가 넓어지는 것도 좋아

나는 나도 모르게 비를 맞고 좀 나은 사람이 될 수도

있겠지

모르는 새야 모르는 노래를 많이 불러다오

모르는 내일을 모르는 사랑으로 가벼이 받으련다

◇

모르는 곳에서
모르는 것들

　"베네치아는 그냥 감탄사다"라고 말한 시인도 있
지만 정말 베네치아는 모르겠다는 말이 맞는 곳이다.
섬이 118여 개, 다리가 400여 개가 있다고 하는데 단순
한 섬이 아니다. 카날그란데라고 불리는 대운하는 도
시의 동맥을 흘러 다니고 도시의 실핏줄인, 동네 골목
골목을 흘러 다니는 소운하는 리오라고 불린다. 베네
치아는 카날그란데와 리오라는 물길과 물길로 이어진
도시다. 우리 몸에 대동맥이 있고 모세혈관이 있는 것
처럼 베네치아의 골목의 물길은 이렇게 산소를 공급
하느라고 바쁘게 흘러 다닌다. 배와 수상택시, 곤돌라
가 자아내는 힘찬 물살과 일렁이는 물 위에 어리는 그

림자. 좁은 곳을 세게 흘러 다니는 물과 멀리 가는 물이 이리저리 골목을 잘도 빠져 돌아다닌다. 과거 8세기 무렵부터 해양산업의 중추도시답게 지금도 능숙하게 작은 배로 상품 박스를 싣고 내리고 한다. 아주 작은 골목에서도 말이다. 집들은 낡아서 흰 버짐이 핀 듯이 하얗게 페인트 부스러기가 일어나 있으나 석조건물이어서 몇백 년 세월의 위용과 관록을 자랑하고 있다. 오랜 세월 햇빛과 바람으로 풍화되어 파스텔 색조로 은은히 빛나는 석조건물의 아름다움은 시간의 전설과 더불어 인간의 유한성의 비애를 은근히 암시한다. 그런데 정말 알 수 없는 것은 베네치아라는 이 도시가 갯벌 위에 말뚝을 박아서 만들어진 것이라는 것이다. 어떻게 말뚝을 박아서 바다 위에 이렇게 크고 아름다운 도시를 건설했단 말인가? 내 머리로는 도저히 이해가 가지 않는다.

에라, 모르겠다, 내가 다 알 수는 없지 않은가.

◇

입 닥쳐라 구글,
꺼져라 페이스북

　21세기는 정말이지 관광의 시대. 어떤 공간으로는 구름떼처럼 사람들이 몰리는데 그 공간에는 역사와 예술과 아름다움이 있다. 관광객들은 무엇을 하나? 관광객들은 이색적인 공간에 들어옴과 동시에 자아를 버리고 잠시 무아를 즐기며 새로운 사람처럼 새롭게 행동하며 아름다운 예술을 즐기고 사진을 찍고 웃고, 때 묻고 지친 자아를 쇄신하고자 한다. 얼마 전 베네치아 인들이 관광객들이 몰려와서 자신들의 일상생활이 위협을 받으니 관광객을 받지 말라는 시위를 했던 것처럼 관광객들은 현지인들이 혐오할 정도로 자유를 구가하고 모든 것을 구경하고 아이폰으로 사진을 찍고 돈을 쓰고 맛있는 것을 사먹는다. 기념품 가게에 들어가 쓸데없는 가면을 사고 코가 길어진 피노키오 모양의 연필을 사고 무라노 섬의 특산품인 유리공예품을 사고 이탈리아 특산품 빨간 가죽 밴드가 달린 시계를 사서 손목에 차고 베네치아라고 써진 유치한 티셔츠를 사입고 인근 부라노 섬에서 나온 레이스 스카프를 사서 목과 어깨에 두르고 거리를 활보한다.

베네치아 거리에는 티셔츠나 스카프 등을 파는 중동인 노점상이 많다. 그 티셔츠에 써진 글귀들을 읽어보고 나는 박수를 치듯 즐거워했다. 쌍욕 F자를 막 넣어서 "입 닥쳐라 구글", "꺼져라 페이스북", "나는 내 말을 하련다"와 같은 글귀들이 써진 티셔츠는 그 자체로 하나의 모반이고 혁명이고 아슬아슬한 탈주였다. 구글이나 페이스북이 현대인의 입과 눈과 귀를 독점하고 있는 거대한 지배자라는 인식에 맞서 내 말을 자유롭게 하고 싶은 표현 욕구까지 티셔츠에 넣어 상품화하고 있으니 베네치아는 곧 자유를 상품화하고 있는 것이 아닌가? 그래도, 아니 그래서, 어찌 즐겁지 아니한가? 속없는 관광객들은 돈을 내고 그런 티셔츠를 사입고 웃으며 거리를 활보한다. 덩달아 나도 힘차게 두 팔을 흔들며 활보한다.

거리에 악기를 들고 나와 멋진 연주를 하는 바이올리니스트, 파스텔로 광장 앞 길바닥에 그림을 그리고 (주로 종교화나 성모) 모자에 돈을 받는 길바닥 화가, 꽃을 파는 남자나 여인 등이 즐거운 베네치아의 자유와 예술적 분위기를 연출한다. 가로등에는 'Viva Arte Viva'라고 써진 깃발들이 매달려 바람 속에 펄럭이고 있다. 마침 베니스 비엔날레가 열리는 해이기 때문이다. 바그녀의 흉상이 바다를 내려다보고 있는 자르드니 공원과 옛날 무기제조창이었다는 아르스날레에서 열리는 비엔날레의 주요 부분인 국가관 전시를 제외하고 크고 작은 전시들이 베네치아 곳곳의 거리나 골목에서 열리고 있어서 나는 하나하나 가장 최신의 현대미술을 가까운 골목에서 감상할 기회를 많이 가졌다. 그렇게 예술 만세! 라는 깃발이 펄럭이고 있는 거리를 벅차게 걸어가며 나는 무언가 평생 느껴보지 못한 예술가로서의 긍지를 느껴본다. 베네치아가 예술가로서의 나에게 만세를 불러주는구나. 예술 만세! 만세! 오냐, 내가 여기서 꼭 나의 과거를 뛰어넘는 좋은 작품을 써서 돌아가리라. 나를 에워싼 공기조차도 나를 축성하는 듯 자유롭고 활기차다. 덩달아 나도 행복해진다.

인생에서 공간이 매우 중요하다는 생각을 해본다.
어쩌면 공간이 인간 숙명의 거의 전부일지도 모른다.

베네치아 거리의 화가 그림들

◇

여기는
헤테로토피아

베네치아는 그럼 유토피아인가? 유토피아는 어원
상 '없는(ou)+장소(topos), 상상의 장소라는데 베네치아
는 그럼 인류가 만들어낸 상상 속의 부재하는 장소란
말인가? 완전한 사회, 비현실적 공간인 유토피아. 베네
치아가 비현실성을 가지고 있지만 이곳을 유토피아라
고 보기는 어려우나 이곳이 무언가 다른 장소, 이색적
인 곳임은 틀림없다. 왜 그토록 많은 세계의 여행객들
이 여기로 모여들겠는가? 땅이 아닌 물 위에 집들이 세
워지고 물결이 집 주변을 흘러다니고 버스나 지하철이
나 택시조차 없는 이상한 곳. 처음엔 골목 밖에 나가서
잠깐만 서 있으면 택시가 달려오는 서울 우리 동네가

얼마나 그리웠는지 모른다. 길가에서 큰 소리로 떠들거나 통화를 하며 담배를 아무렇게나 피우고 연인들이 키스를 하며 시끄러운 바퀴 소리를 내며 캐리어를 끌고 그리고 그 멋진 약간 고급스러우면서도 제멋대로의 패션이라니. 이곳이 일종의 해방구, 욕망의 발산을 할 수 있는 자유로운 공간임은 알겠지만 유토피아라고 부르는 것은 적절하지가 않다.

그보다는 헤테로토피아라는 말이 더 맞을지도 모르겠다. '이질적인'(hetero) + '장소'(topia) 이자 우리 사회의 규범이 뒤집혀 존재하는, 현재의 상징적 질서의 반대로 되어 있는 일탈의 헤테로토피아. 사회적 규범의 요구나 일상성으로부터 벗어난 일탈자들의 공간. 푸코에 의하면 헤테로토피아란 학교나 감옥, 정신병원, 요양원 같은 일탈자들의 공간. 현실에 존재하는 공간이면서 모든 장소들의 바깥에 있는 곳. 그러면서도 현실과 비현실이 마구 혼재되어 있는 잡종적 공간.

그러나 베네치아가 헤테로토피아만은 아니라는 것을 집 주인 마르코 씨와 부동산 회사 직원인 줄리아 씨가 알려주러 가끔씩 온다. 부동산 회사 직원인 줄리아 씨는 이탈리아 미인으로 키도 크고 날씬하고 영어도 잘하고 상냥하다. 그녀는 1600유로인 월세를 받으러 오는 것이고 마르코 씨는 집 난방이 잘 되는지, 더 두꺼운 이불이 필요한지, 고장 난 것은 없는지 살피러 오는 것인데 나로서는 친절한 마르코 씨의 방문이 좀 불편한 것은 사실이다. 그와 나는 피차 아주 서툰 영어로 대화를 하는데 그는 매우 가정적이고 꼼꼼한 성격인 것 같다. 어느 날은 지붕 위 안테나가 고장이 난 것 같은데 2층에 사는 나의 집을 통해서만 올라갈 수 있다고 며칠 전에 연락을 하고 일꾼들을 데리고 방문을 했는데 사다리를 들고 와서 지붕 위에 올라가 꼼꼼하게 체크를 하고 갔다. 지붕 위 안테나는 나사못 하나만 빠졌을 뿐 괜찮다고 했다. 마르코 씨의 부인은 전형적인 이탈리아 주부로서 무척 알뜰하고 따뜻한 성품에 건실한 성격의 여인이다. 내가 사는 2층의 거실과 방에는 많은 베네치아풍의 장식품들이 걸려 있는데 금빛 액자 안에 든 꽃 그림이나 베네치아풍의 거울, 멋진 샹들리에, 커다란 꽃 모양의 접시, 침대 머리 조명 등이 다 그녀의 취향이리라. 그것들은 다 어딘가에 금빛을 띠고 있다. 이탈리아 사람에게 인물은 평할 필요가 없다. 거의 모든 사람이 다 영화배우 같은 미모에 멋진 패션 취향을 가졌다. 젊은 사람들이야 그렇다고 치고 나이가 많이 든 씨뇨라나 씨뇨레가 어딘지 깊은 멋을 풍기는 데는 신체적인 조건보다도 깊은 정신세계에서 우러나오는 문화의 기품 같은 것이 작용한다는 생각이 들었다. 마르코 씨는 나에게 음악을 좋아하느냐고 물었고 비발디를 좋아하느냐고 물었고 산 마르코 광장 옆에 있는 비발디의 생가에서 금요일 저녁마다 비발디 음악회가 열리니 가보라고 추천을 해주었다. 그렇게 멋이란 밖에서 치장하는 것이 아니라 내면, 즉 안에 품은 것이 우러나오는 것이라는 것을 그때 느꼈다. 안에 없는 것이 밖으로 나올 수는 없다.

◇

멋있게 보이는 것과
진짜 멋있는 것

  몇 년 전 서울의 한 여학교에 문학 강연을 간 적이 있다. 문학에 관한 짧은 이야기를 마치고 이런저런 이야기를 나누다가 여학생들에게 가장 선망하는 직업이 뭐냐고 하자 텔레비전 방송에서 날씨 정보를 알려주는 '기상 캐스터'와 '여행 에세이스트'라고 했다. 그 이유를 묻자 이구동성으로 "멋있잖아요! 자유롭고요"라고 소리친다. '멋있다'는 것과 '멋있게 보이는 것'은 다른데 그것에 대해서 생각해본 적이 있느냐고 묻자 "멋있게 보이는 것이 바로 멋있는 것 아니에요?"라는 단순 명쾌한 답변이 날아온다. 이제 직업에 대한 생각이 돈벌이나 생활방편이라는 고전적인 것과는 상당히 달라졌음을 알게 되었고 이제 생활방편 이상의 것, 즉 고부가가치를 가진 직업이 선호되는데 그 '고부가가치'라는 것이 자유라든가 멋이라든가 하는 것에 연관된 가치라는 것도 언뜻 알 수 있었다.

날씨에 부합하는 개성적인 옷을 입고 큰 세계 지도나 우리나라 지도를 등 뒤에 펼쳐놓고 국경의 금을 이리저리 밟고 옮겨 다니며 세계의 날씨나 우리나라의 날씨를 예보해주는 기상 캐스터는 그 직업의 외부만을 본다면 무한한 이동의 자유와 예언자적 성격을 약간 가진 요정처럼 보이기도 할 것이다. 또 여행 에세이스트는 어떤가. 모르는 나라를 이리저리 돌아다니며 모르는 사람들을 만나고 모르는 사람들의 생각과 삶을 들여다보면서 각종 토속 음식을 먹고 이국의 낯선 인터넷 카페에서 홀로 글을 쓴다. 두 직업이 '보여주는' 공통 코드가 있다면 '자유'라고 할 수 있다. '거침없는 자유'라고 보이는 그 무엇이 존재한다는 것이다.

그러나 내면을 들여다보면 어디 그런가. 세상에 기상학처럼 거칢이 많고 변화무쌍하고 위험한 분야도 없을 것이고 현대인의 일상생활에 밀접한 연관을 가진 날씨 예보인 만치 실패에 따르는 부담도 큰 어려운 전문직이라 할 수 있다. 그만큼 구속이 크고 자유가 없는 아슬아슬한 직업이라고 할 텐데 학생들은 날씨에 따라 날마다 멋진 옷으로 갈아입는 다채로운 패션 모델 정도로 생각하고 있었다.

여행 에세이스트는 어떤가. 이것은 사실 나도 한번 가져보고 싶은 직업이다. 그러나 여행 에세이스트야말로 건강과 젊음과 탐구심이 뒷받침되어야 하기 때문에 상당히 까다롭고 신경이 많이 쓰이는 직업이다. 한 곳에 얽매이지 않고 거침없이 많은 곳을 보며 바람처럼 '자유를 산다'는 의미에서 여행 에세이스트는 단일한 자아보다는 '멀티-자아'를 선호하는 신세대 여학생들의 선망의 직종일 것은 분명하지만 그만큼 스트레스도 불확실성도 높은 직업이다.

확실히 현대 여성이 선호하는 직업에는 생활방편으로서의 직업이라는 고전적인 의미와는 다른 무엇이 존재하는 것이다. 단지 돈을 벌기 위한 도구로서의 직업이 아니고 거기에는 분명 거침없는 자아 표현이라는 아우라가 있어야 하고 자기를 구속하는 것이 아니라 오히려 자기를 자유롭게 해주는 고부가가치가 있어야 하며 자신의 이미지에 멋진 후광을 만들어주어야 한다는 것이다. 그러다 보니 '멋있게 보이는' 직업으로 쏠리는 쏠림 현상이 일어난다. 극단적인 쏠림 현상이 발생하는 곳은 결코 건강한 사회가 아니다. 한때 '한 가구당 한 명씩 연예인 지망생'이라는 말이 유행하지 않았던가.

그렇게 되면 '멋있게 보이는 것'이 진짜 '멋있는 것'을 억압하게 된다. '멋있게 보이는 것'과 '멋있는 것'의 가치 평가를 내리는 힘은 무엇일까. '멋있게 보이는 것'은 그 시대 대중의 힘과 타인들의 시선이 결정하는 것이고 '멋있는 것'은 자기의 고독한 내면이 결정하는 것이 아닐까, 그런 생각이 들었다. '멋있게 보여서' 그것을 선택하려고 하는 경우 우리의 선택을 결정하는 것은 나의 힘이 아니라 남들의 힘이기 때문에 결국 남들의 눈에 휘둘리는 것이 된다. 그러나 '멋있는 것'은 내가 나의 내면화된 가치로 멋있게 만든 것이다. 그래서 용기와 고독의 자율성이 필요해진다. 언젠가 캘리포니아에서 만난 한 여성의 이야기를 하는 것으로 학생들과의 이야기를 마무리하였다.

캘리포니아에 살 때 중국 레스토랑에서 식후에 주는 '포춘 쿠키'라는 과자가 참 특이하였다. 그 포춘 쿠키가 다른 과자와 다른 점은 얇고 바삭바삭하고 달콤한 쿠키 안에 오늘의 운세처럼 하루의 운을 말해주는 '운세 쪽지'가 들어 있다는 점이다. 얇다란 행운의 쿠키를 손가락으로 살짝 부수고 그 속에 반으로 접힌 흰 쪽지를 펴들면 거기 자기 운세가 나타난다. 이름이 '행운의 쿠키'인 만큼 거기에는 나쁜 말보다는 좋은 말이 더 많이 적혀 있다. '모순을 해결하는 길은 오직 사랑뿐이다', '먼 곳의 정원을 꿈꾸기보다는 가까운 곳에 있는 뱀 꼬리를 밟지 않도록 노력하라', '네 옆에 있는 사람이 네가 평생 기다리던 그 사람인지 모른다'라는 둥 주로 철학적인 말이 적혀 있다. 때로는 장난스럽기도 하고 때로는 심오하기도 한 그 말들은 노자나 장자, 공자 등 중국의 지혜와 철학이 담겨 있어 미국인 친구들도 가벼운 마음으로 즐기는 것이었다. 엄청난 문화 저력을 가진 그레이트 차이나의 또 하나의 문화 수출이라고 할 만도 했다. 또 쪽지 뒤에 행운의 숫자도 적혀 있는데 그것은 로또 복권을 구입할 때 사용하는 숫자란다.

포춘 쿠키를 받아먹는 것을 항상 유쾌하게 생각하고 있었는데 우연히도 포춘 쿠키를 만드는 공장에 다니는 중국계 미국인 여자를 알게 되었다. 나의 아들과 같은 학교에 다니는 데이비드라는 이름을 가진 혼혈 소년의 엄마였다. 아들의 학교에서 이박 삼일 캠핑을 가는 데 따라갔다가 그녀를 만났다. 그녀는 북경에서 이민 와 미국남자와 결혼을 한 여자였는데 이민 후 여러 직업을 전전하다가 지금은 포춘 쿠키 공장에서 일하고 있다고 했다. 옛날 미국에 이민 간 중국 여자들이 가장 손쉽게 할 수 있는 일이 바로 포춘 쿠키 공장에서 행운의 쪽지를 쿠키 속에 넣는 일이었다. 지금은 자동화가 되어서 공정이 거의 다 기계로 이루어지고 있기 때문에 이제 그 직업도 고용이 불안정해졌다고 했다. 그리고 자기 공장에서 만든 포춘 쿠키를 한 보따리 가져와 저녁 식후에 모두에게 하나씩 나누어주었다. 그 포춘 쿠키를 부수고 운세 쪽지를 펴보고 읽고 웃고 하느라고 그 저녁 시간이 상당히 유쾌했던 기억이 난다.

그런데 그 저임금, 단순 노동직에 대한 그녀의 애정이 남달라서 나의 기억에 남아 있다. 그녀는 일단 그 직업이 자기가 선택할 수 있는 최상의 직업은 아니라고 했다. 북경에서 대학까지 나온 여자인 것이다. 최상의 직업은 아니지만 나름대로 의미와 가치를 찾을 수 있다고 했다. 하루하루 일에 지쳐 피폐해진 사람들의 마음속에 행운의 철학이 깃든 종이쪽지를 넣어주는 일은 얼마나 값진 일인가, 하고 그녀는 오히려 물었다. 수입도 형편없고 시시한 일이지만 자기는 그 '행운의 운반'을 좋아한다고 했다. 자기처럼 보잘것없는 인간이 알지도 못하는 많은 사람들에게 '선한 일'을 할 수 있는 기회가 이것 말고 뭐가 있을까를 생각해보면 더 그 일이 소중해진다고도 했다. 결국 하찮고도 보잘것없는 일에서일망정 거기에서 멋과 의미와 가치를 찾아내는 것은 사람의 지성임을 알게 해주었다. 나중에 길에서 만나 아직도 그 행운의 쿠키 공장에 다니느냐고 묻자 이제 우체국 공무원이 되었노라고 자랑스럽게 말하던 그녀가 떠오른다.

이 세상에는 남들의 존경도 못 받고 시시하게 보이지만 누군가가 꼭 해야 되는 일이 있다. 그런 일이 나에게 주어질 수도 있다. 그것의 멋과 가치를 결정하는 것은 나의 내면이고 내가 거기서 멋을 창출하고 멋있게 그 일을 수행한다면 그것이 바로 남에게도 '멋있게 보이는 일'이 된다는 것을 그녀에게서 보았다.

베네치아의 어느 여행자 코트 주머니에 있는
아일랜드 작가 제임스 조이스의 소설집 『더블린 사람들』

◇

「비누 만드는 여자」

베네치아, 카나레조 구, 카도로 역 부근,
오래된 상점들이 줄지어 있다
은행도 있고 마트도 빵집도 카페도 약국도 있다
그 옆에 비누 상점이 있다
아침마다 여자는 비누 상점 앞에 나와
유리병을 흔들고 있다
여자의 두 팔은 상하로 좌우로 흔들리며
따뜻하게 녹인 비누 액과 색과 향이 잘 섞이도록 흔드
는 것이다

연둣빛, 연노랑빛, 분홍빛, 우윳빛, 보랏빛,

어쩌면 찬란한 우울의 팡세

재스민, 라벤더 빛의 천연 비누 액이 찰랑거리며
하얀 신성의 아지랑이 안에
색과 향이 이리저리 섞인다
파란 하늘을 배경으로
수평선 안으로 하얀 돛단배가 들어오는 것 같다

여자가 상점 안으로 들어가자 나는 유리창 안을 들여
다본다
여자는 긴 테이블에 놓인 여러 모양의
몰드에다 비누 액을 부어넣고 있다
쿠키를 만들 때 쿠키 틀에다 빵 반죽을 넣듯이
여러 모양의 몰드에 비누 액을 부어 넣고
비누가 굳어가는 시간을 조용히 들여다본다
환한 햇빛 안에 초침이 사과 꽃잎처럼 사뿐사뿐 쌓인
다

카나레조 구, 카도로 역 부근,
작고 더러운 광장에 있는 황금사자상의 입에서 물이
나오는데
발이 빨간 비둘기들이 앉아 비뚤빼뚤 물을 마신다

갑자기 허공을 찢는 날카롭고 거친 소리가 들린다
아드리아 해에서 날아온 갈매기들이
악다구니를 지르며 쓰레기 봉지를 찢고 있다
날개로 바닥을 막 치며 피자 조각을 질질 끌고 간다

비누를 만드는 여자는 상점 앞에 다시 나와
비누 하나를 들어 햇빛에 비추어본다
투명하고도 밝은 비누, 고요한 비누,
오늘의 비누가 하나님 보시기에 좋은가, 검사하는 것 같다
향기로운 거품이 되었다가 점점 더 작아지는 비누의 살
그녀의 두 팔은 희고 튼튼하다

그녀가 비누 액 유리병을 흔들고 있는 그 거리의 오전이 나는 좋다
비둘기와 갈매기가 싸우는 광장 옆에서
그녀가 아름다운 비누를 만들기 위해 일하고 있는 것이 나는 좋다

어쩌면 찬란한 우울의 팡세

◇

토마토 씨앗을 뿌리는
젤소미나를 생각하며

　알로라, 나는 이탈리아에 오면서 왜인지 유랑 소녀 젤소미나를 생각했다. 대학 때 본 영화라서인지 유난히 강렬하게 기억에 남아 있는 영화 페데리코 펠리니의 「길La Strada」의 여주인공 젤소미나. 하긴 지금 이 집 인터넷 이름도 인포스트라다infostrada이다. 이 골목을 나서면 카도로의 신작로가 나오는데 그 길 이름도 '누보 스트라다'이다. 이탈리아인은 길이라는 명사를 좋아하나 보다. 길마다 다른 얼굴을 하고 있는 베네치아. 젤소미나의 길.

　나와 젤소미나와 닮은 점은 아마 거의 없을 것이다. 그러나 내 마음속에는 어린 소녀 젤소미나가 숨어 있다고 말한다면 과장일까? 천막을 치고 여기저기를 돌아다니는 유랑곡마단의 보잘것없는 차력사 잠파노 (앤소니 퀸)를 사랑하는 어딘지 머리가 빈 바보처럼 보이는 젤소미나(줄리에타 마시나). 내일은 없이 오늘만 먹고 사는 떠돌이 곡마단 패거리들. 차력사의 공연이 끝나면 돈을 걷으러 다니는 북 치는 소녀 젤소미나, 그녀는 그래도 김종삼의 「북치는 소년」처럼 희망을 가지고 있어 곡마단의 공연이 끝나고 길을 떠날 때면 늘 자기가 머물렀던 자리에 토마토 씨앗을 살짝 심는다. 토마토 씨앗을 심어도 자기는 그 토마토를 먹을 수 없지만 그녀는 그러나 진심으로 토마토 씨앗을 심는다. 토마토 씨앗을 뿌리는 젤소미나의 손이 시를 쓰는 나의 손이라면?

올 가을 베네치아에 체류하면서 카포스카리 대학과 로마 한국문화원에서 한국학 강연도 하고 시 낭독도 하고 또 남 알프스 산맥을 넘어 파리 동양학 대학에서, 또 런던의 소아스 대학에서 시 낭독 및 특강을 했지만 무슨 큰 소용이 되겠는가. 그냥 어느 늙은 동양 여자의 소소한 등장에 불과하다. 별 볼 일이 없다는 것을 잘 안다. 그리고 내 시가 무슨 동서양의 경계를 뛰어넘어 커다란 감동을 일으킬 만한 대단히 위대한 문학도 아니지 않은가. 그러나 그것은 젤소미나가 길을 떠나면서 길 위에 뿌리는 토마토 씨앗 같은 것. 오늘 죽을지 내일 죽을지 몰라도 길을 떠나면서 토마토 씨앗을 뿌리는 그런 마음. 그것이면 된다.

젤소미나, 그렇지 않은가? 토마토 씨앗 한 움큼이면 충분하다. 네가 진심으로 토마토 씨앗을 뿌리고 길을 떠나가는 것처럼 나는 시를 쓴단다. 이 도시 저 도시에서 한국어 시를 낭독하고 그리고 쓸쓸하고도 가난하게 길을 떠난단다.

그 영화 주제곡이 옛날에 무척 유행이었는데 오랜만에 그 가사를 찾아보았다.

길을 가는 마차 속에서 한 여자아이가 팔에 얼굴을 파묻고 흐느껴 울고 있다.
오오, 젤소미나, 가엾은 외돌토리. 손님 쪽으로 가거라.
그리고 웃는 거다. 너의 낡아빠진 북을 잡고 세 번 돌아라.
그러고 나서 슬픈 꼭두각시야, 껑충 뛰는 거다.

태양이 비쳐도, 비가 와도, 언제나 너는 미친 소리를
지껄여야 한다.

(……)

"태양이 비쳐도, 비가 와도, 언제나 너는 미친 소리를 지껄여야 한다.", 이 구절 속에 시인의 심장을 묻어야 한다. 비가 와도 태양이 비쳐도 젤소미나도 시인도 미친 소리를 지껄이다가 간다. 시인이여, 너는 아무 생각 말고 그냥 미친 소리를 지껄여라. 다가오는 죽음을 잊어버리기 위해서. 매일매일 허물어지는 현재를 용서해주기 위해서. 내일을 꿈꾸지만 기다리는 내일은 오지 않고 언제나 오늘만 오는 이 인생의 뿌리칠 수 없는 냉담을 향하여.

◇

앞집에 사는
마네킹들

　사실 베네치아의 골목집들은 앞집과 옆집과의 거리가 너무 가깝다. 옆집은 거의 딱 붙어 있고, 앞집은 그냥 손을 뻗으면 닿을 정도의 거리라면 너무 과장일까? 가깝다. 그래서 도르레를 돌려 앞집에 빨랫줄을 걸어서 골목길 안에 빨래를 널 수가 있는 것이다. 사실 커튼을 안 치면 서로 훤히 보이는 사이다. 커튼을 쳐도 가까운 섬 부라노 특산품인 하얀 레이스 커튼인지라 자세히 보면 앞집 거실이 다 들여다보인다. 그러나 남의 집을 그렇게 자세히 들여다볼 수야 있는가. 그저 실내를 지나가면서 살짝, 슬쩍 흘려볼 뿐이다. 앞집 아래층은 자그마한 원단 창고인 것 같고 이층은 사무실인 모양인데 저녁부터 다음 아침까지는 다들 퇴근을 하니 커튼을 열어놓을 수 있지만 아침부터 오후까지는 주로 커튼을 치고 지냈다. 이 작은 골목길 안에 있으니 큰 회사일 리는 없고 그저 가족적인 규모의 소규모 섬유 회사일 것 같다.

아래층에는 둘둘 말아놓은 옷감들이 서 있거나 누워 있고 몇 명의 발가벗은 여자 누드 마네킹들이 서 있다. 마네킹들은 빨갛고 파랗고 노란 가발들을 쓰고 있기도 하고 대머리로 비스듬히 유리창에 기대 서 있기도 했다. 마네킹의 눈빛은 무언가를 쏘아보고 있는 것 같았다. 오전이나 오후 시간이면 근사한 옷을 입은 멋진 남자 여자들이 가끔 방문하고 둘둘 말아놓은 섬유를 확 펼쳐서 마네킹의 목 아래에 대보고 천들을 다시 두루말이로 말아서 눕혀놓거나 세워놓곤 했다. 이층은 원단을 보러 오는 거래처 사람들과 직원들이 대화도 나누고 업무를 보는 일을 하는 공간인 것 같았는데 그들이 큰 탁자 앞에 앉아 차를 마시며 종이를 놓고 말을 나누는 장면을 몇 번 슬쩍 보았다. 그들이 다 퇴근하고 나면 벌거벗은 몇 명의 누드 마네킹들이 그렇게 어둠이 내리는 골목길을 내다보며 우리의 골목의 밤을 지키고 있었다. 내가 그 골목에 살기 시작한 지 얼마 후 그 원단 사무실은 우리의 골목길을 떠났다. 이사 갈 때 마네킹들을 버리고 가서 얼마 동안 빈집에서 빨강, 파랑, 노랑머리 가발의 마네킹들과 대머리 마네킹들이 레이스 커튼 사이로 밖을 빼꼼히 내다보고 있었다. 어쩐지 나는 계속 눈을 뜨고 있는 마네킹들이 무서웠다.

그리고 며칠 후 젊은 사람 몇이 이사를 왔는데 그림을 그리는 사람들인지 이젤이나 캔버스, 물감 박스 등을 두 손에 들고 이층 계단을 오르락내리락하고 있는 것을 보았다. 참 화가들의 캔버스는 돛을 만드는 직물로 만들어진다고 했다. 하나하나의 캔버스는 하나하나의 출항이다. 새로운 출항을 갈구하는 마음으로 하나하나의 캔버스에 새로운 세계를 그리는 것이 화가의 일. 순간 나는 젊은 화가들이 모여 일하는 공간을 돛을 올리고 막 바다로 떠나려는 하나의 긴장되고 출렁이는 배처럼 느꼈다. 출항. 언제나 그립고 설레는 말이다.

◇

베네치아의 물과
아우라지의 물

베네치아의 물. 아, 난, 왜 물만 보면 꼭 아리랑이 떠오르지? 아리랑 가락과 동시에 꼭 아리랑 가사가 어두운 첼로의 현처럼 몸을 일으킨다. 아리랑은 물과 언덕 두 개를 가지고 있다. 물, 아우라지 강, 언덕, 아리랑 고개. 베네치아의 대운하와 소운하를 바라보면 문득 여량면 아우라지 강이 떠오른다. 아우라지, 평창에서 오는 천과 삼척에서 오는 천, 그 두 개의 천川이 합쳐져 어우러진다 하여 아우라지가 되었다는 강. 양수리처럼 전설적인 합류의 서사를 가지고 있는 땅에서 아리랑은 발원하였다.

아우라지 뱃사공아 날 좀 건네주게
싸리골 올동박이 다 떨어진다

아리아리랑 쓰리쓰리랑 아라리가 났네
아리랑 고개를 내가 넘어간다

　하얀 모래사장과 건너편 소나무 몇 그루가 보이는 풍경 속에 아련한 탄식이 흐르는 아우라지 강과 세계 최고의 무역이 7세기에서부터 18세기에 이미 일어났던 부와 힘의 상징 베네치아와는 별로 비교할 만한 것이 없어 보인다고 생각할 수도 있겠다. 10세기 무렵부터 융성했던 해양 상권과 무기 제조(아르스날레의 무기 제조창)의 부와 권력만으로도 베네치아는 인정받을 만했겠지만 그러나 베네치아의 진정한 힘은 저 물결의 풍만한 아름다움에 있다고 하겠다. 아우라지 강 물결은 강을 건너지 못한 여인의 한이 깃든 소슬한 비수悲愁를 가지고 있는데 베네치아 운하 물결에는 물질적 힘이 넘친다. 비수悲愁란 문자 그대로 '슬퍼하고 걱정함'이라는 뜻인데 이 해양상권의 물결에는 그보다는 힘찬 아침의 박동과 대낮의 곤돌라의 미끄러짐과 저녁의 힘찬 생의 찬가가 있다. 아우라지 강이 단조短調의 노래라면 베네치아 운하의 물결의 풍성함은 장조長調의 힘찬 맥박이다. 리알토 다리 근처에서 초승달처럼 돌아드는 물길, 굽이치는 물결의 박력이 아우라지 강의 여인의 슬픈 탄식을 압도한다. 섬세한 팡파르 같은 햇빛이 오늘도 베네치아 물결에 가득하다. 가끔씩 성당의 종소리가 울린다. 이 찬란한 햇빛과 종소리만으로도 인생은 풍족하다. 멜랑콜리가 우울증을 넘어서는 지점이 아리랑, 특히 정선아리랑에는 있는데 그것이 아리랑의 영원한 매력이다. 아리랑은 우울한 것 같으면서도 후렴에 아리랑 고개를 '내가 넘어간다'와 같은 힘찬 도약이 있어서 우울증을 단번에 물리치고 넘어선다. 이 '넘어간다'라는 말에 유의해야 한다. '내가 넘어간다'에서 보여주는 가사와 가락의 힘찬 비약, 그 생명의 도약이 나는 좋다. 그리하여 아리랑은 우울증의 노래이면서 동시에 해방과 치유의 노래가 된다.

◇

하얀 빨래가
펄럭이는 해변가

　　이탈리아 도시들을 생각하면 빨랫줄에 펄럭이는 색색의 빨래들이 생각난다. 작은 골목 사이에 빨랫줄이 걸려 있고 그 줄에 하얀 침대보 같은 것이 펄럭이는 광경. 여러 가지 색깔의 빨래들이 파란 하늘 아래 휘날리는 모습은 무슨 설치 예술인가. 그것은 설치 예술도 무엇도 아니고 그저 생활. 아무것도 아닌 일상. 아무도 꾸미지 않고 아무도 설치하지 않은 그저 하루치의 생활. 생활이기에 꾸밈없는 일상. 일상은 다함이 없고 무진無盡하다.

　　영화「길」에서는 바닷가에 쳐진 빨랫줄에서 하얀 빨래가 눈부시게 펄럭이고 있는 시적 장면이 나온다.

곡마단의 공연이 끝나고 잠시 머무르는 시간에 젤소미나는 빨래를 해서 바닷가 빨랫줄에 널고 있다. 거칠기만 한 차력사 잠파노, 사랑 같은 것은 모르고 쇠사슬을 가슴으로 끊는 묘기를 보여주고 돈을 벌고 살아온 잠파노의 시선에 빨랫줄에 나부끼는 하얀 빨래가 하나의 서정시처럼 나타난다. 그때 그의 눈에 젤소미나가 새로운 모습으로 나타난다. 어딘지 백치 같은 바보 소녀가 아니라 가정적인 것을 그리워하는 따스한 소녀로 보이는 것이다. 오직 거친 육체의 힘만 믿고 살아온, 집이라든가 가정이라든가 사랑이라든가 그런 세계에 대해 아무 관심이 없던 잠파노는 난생 처음으로 인간의 따스함을 느껴보는 것이다. 빨래는 토마토 씨앗처럼 그녀에게는 내일을 향한 희망이자 사랑의 꿈이었던 것이다.

◇

오 솔레미오를
품은 사람들

　　오 솔레미오. 그런 노래가 있었다. 칸초네라고 했
다. 그 노래를 모르는 사람은 아마 드물 것이다. 학교에
서 배운 것은 아닌데 아무튼 누구나 그 노래를 안다. 오
솔레미오. 아니 그 노래는 여고 시절 학교에서 배운 것
같다. 당시엔 음악 책에 그 노래가 있었을까? 기억나지
는 않지만 학교에서 그 노래를 배웠던 것 같다. 학교가
그렇게 낭만적인 시절도 있었던가? 가사를 찾아본다.

　　얼마나 멋진 햇볕일까. 폭풍우는 지나가 하늘은 맑
고 상쾌한 바람에 마치 축제처럼 햇빛이 비쳐왔다. 그
러나 그 태양보다도 더 아름다운 너의 눈동자. 오, 나

의 태양이여, 그것은 빛나는 너의 눈동자, 너의 창에 빛은 비치고 너는 빨래를 하면서 높다랗게 노래 부른다. 그리고 꼭 짜서 손으로 펴고 다시 노래를 부른다.

햇빛 비치는 날은 얼마나 놀라운가
뇌우가 지나간 후의 고요한 공기
신선한 공기, 그리고 파티는 이미 진행 중이네……
햇빛 비치는 날은 얼마나 놀라운지.
그러나 또 다른 태양이
아직도 더 빛나는
그것은 나만의 태양
당신의 얼굴에 있는!
당신의 얼굴에 있는!

밤이 와서 태양이 가라앉을 때
나는 우울을 느끼기 시작하네.
밤이 오고 태양이 가라앉을 때
나는 당신의 창문 아래 머무르네
그러면 또 다른 태양이,
그것은 여전히 더 빛나는,

그것은 당신의 얼굴에 빛나는

나만의 태양!

그 태양, 나만의 태양,

그것은 당신의 얼굴에 있네!

당신의 얼굴에 있네!

지중해 연안의 축제 같은 햇빛. 빨래하는 여자의 환상과 그녀가 부르는 노래. 그 말이 정말 실감나는 이곳 풍경이다. 햇빛은 온화하고 화창하고 찬란하다. 거의 늘 그렇다. 그런 햇빛에 홀려 지상의 많은 사람들이 캐리어를 끌고 와서 베네치아를 걷는다. 전 세계의 남녀노소가 여기 와서 다 걷고 있다고 말하면 과장일까. 오 솔레미오가 마음속에서 출렁거려서 가만히 있을 수가 없어서 다들 율동처럼 걷는 것이다. 다리가 있는 곳이면 어디에서나 사람들은 웃으며 사진을 찍고 있다. 작은 다리가 어디에나 있고 다리 위에는 사진을 찍는 사람들이 아이폰을 바라보며 웃고 있다. 덩달아 나에게도 행복과 웃음이 전염된다. 아이폰 속으로 시간이, 사랑이, 미소가, 갈채가, 카르페 디엠이 흘러간다. 혼자 다니는 사람도 많다. 혼자 풍경 사진을 찍는 것이다. 예전에 내 사진은 독사진이 많았는데 이제는 동행이 없으니 독사진을 찍을 수도 없어 혼자 찍은 풍경 사진만이 있을 뿐. 그래도 오 솔레미오는 마음속에서 흔들린다. 태양은 만인에게 평등하니까.

◇

2017 베니스 비엔날레를
찾아서

자르디니 공원과 아르세날레에서 전시하고 있는 2017년 베니스 비엔날레에 가서 내가 느낀 것은 종말의 상상력이었다. 예술가들의 상상력이 인류의 모든 것이 다 끝난 '그날 이후' 같은 황량한 폐허의 종말감에 닿아 있다는 것이었다. 그런 암울함과 막막함이었다. 인간의 풍경이나 자연의 풍경도 다 그날 이후의 황폐한 종말감을 보여준다. 아니 '종말 이후'라고 해야 할 것 같다. 특히 일본관이나 러시아의 조각관이나 호주의 사진작가의 사진에서 그런 비장한 감각을 느꼈다. 일본관에서는 지상에 허물처럼 옷을 다 벗어놓고 구멍을 파고 들어간 사람들이 가끔 한 번씩 돌아가면서 구멍에서 머리를 내밀고 바깥을 살펴보는 작품이 있었는데 설치+행위 예술이라고나 할까, 마치 사무엘 베케트의 극처럼 종말 이후의 정황의 쓸쓸함과 황폐감을 보여주고 있다고 할 것이다.

이번 베니스 전시회의 주제로 내가 어렴풋이 느낀 것이 바로 그것이었다. 인간의 종말, 혹은 인간의 시작. 하얀 대리석이나 석고 덩어리 안에서 막 사람의 육체가 바깥으로 나오려고 하거나 아니면 근육이 여기저기 울퉁불퉁하게 붉거진 사람의 하얀 몸이 거대한 돌 안으로 빨려 들어가고 있는 그런 위기의 순간의 인간의 몸에 대해 생각을 해보게 하는 러시아관. 관객의 발밑에 있는 바닥 아래로 이미 들어간 사람들이 가끔 한 번씩 구멍 밖으로 머리를 내밀고 밖을 둘러보고 다시 구멍 속으로 들어가는 일본관. 정말 단순하고도 섬뜩한 느낌을 주었다. 왜 저 노인과 여자는 바닥의 뚜껑을 열고 구멍 속에서 지상에 올라와 한번 둘러보고 다시 구멍 속으로 들어가는 것일까? 지상에 어떤 종말이 일어난 이후 지상의 일이 궁금해서?

호주관의 사진 역시 섬뜩한 종말감을 주었는데

아무것도 없는 지상에 집 한 채가 있는데 하녀 복장의 여성이 앞치마를 두르고 그 거대한 건물 안에서 세상을 바라보고 있는 비극적 시선. 종말 이후의 다시 태어나려는 인간의 시선인지 종말 이전의 막막한 불안의 시선인지 그런 장면들. 현대 예술이 공기空氣처럼 머금고 있는 불안이라는 인간의 불길한 호흡 물질.

◇

꽃피는 사랑 옆에
바니타스가 산다

베네치아에는 유명한 카사노바가 남긴 이야기가 많고 아름다운 '오 솔레미오'의 햇빛이 가득하고 세계의 아름다운 청춘남녀들이 모여들어 햇빛이 아까워서 죽겠다는 듯이 골목골목을 걷고 있으니 사랑만 넘쳐나는 줄 안다. 세상에서 가장 아름다운 여자들과 세상에서 가장 멋진 남자들이 팔짱을 끼고 거리를 걷고 캐리어를 끌고 오고 가고 호텔로 들어가고 노천카페나 레스토랑에서 먹고 마시고 웃고 즐기고 있지만, 그리고 거리에는 꽃을 파는 중동 청년도 여자도 있지만 베네치아에 사랑만 있는 것은 아니다. 내가 베네치아의 오래된, 낡은, 폐허처럼 벽면의 페인트가 벗겨지고 있는,

침범해 들어오는 물결에 일층이 침식되어 물에 잠겨가고 있는, 그래서 돌 벽에 물이끼와 곰팡이가 잔뜩 번식하는 골목골목을 거닐며 느낀 것은 바로 바니타스. 허무의 냄새였다. 베네치아 어디에든 폐허가 되어가는 하얀 벽이 있고 거기에 덧칠을 한 아름다운 색채의 향연이 있지만 그래도 벽은 폐허가 되어가고 있는 것이다. 바니타스. 꽃은 시들고 햇빛은 어둠에 지며 젊음은 곧 어둠의 저편으로 잠긴다. 바니타스. 우리는 모두 화려한 가면을 쓰고 웃고 있는 해골의 텅 빈 구멍일 뿐이라는.

◇

새벽마다 바닷새가
노크하는 집

5시 30분이면 동네로 꼭 들어와 끼룩끼룩 소리를 치는 바닷새들이 가을이 깊어지자 6시 25분에 골목으로 들어온다. 밤새 외로웠다는 듯이 새벽을 알리며 마을을 깨운다. 갈매기가 집 덧창을 날개로 툭툭 치고 지나가는 날도 있다. 일어나, 일어나, 새 날이 왔어, 너는 다시 시작할 수 있어. 그런 말을 건네는 것 같았다. 나중에 알게 된 일이지만 갈매기들은 친히 나를 깨우려고 골목 안으로 들어오는 것이 아니라 아침이면 집집마다 쓰레기를 내놓는다는 것을 알고 먹을 것을 찾아 골목 안으로 날아 들어오는 것이었다. 갈매기가 큰 쓰레기봉투를 끌고 가다 찢어서 그 안의 피자 조각을 입에 사납게 물고 가는 것을 본 적이 있는데 정말 성질깨나 있어 보였다. 비둘기가 그것을 빼앗으려고 덤비자 어림없다는 듯 마구 날개 치며 험악하게 소리치는 갈매기도 보았다. 「갈매기의 꿈」을 쓴 리처드 바크가 보았다면 슬퍼했을 장면이었다. 그는 이렇게 쓰지 않았던가. 세상의 모든 갈매기들아. 먹을 것을 찾아 도시 뒷골목을 헤매는 무의미한 삶을 살지 말고 높은 꿈을 지녀라. 지금 너희들의 비행은 고작 먹을 것을 찾으러 쓰레기 하치장까지 가는 비행뿐이다. 그리하여 조금 다른 생각을 가진 갈매기 조나단 리빙스턴 시걸은 추방을 당하게 된다. 조금 다른 생각을 가진 갈매기 조나단은 추방당한 후 오랜 고독과 더 높이 날기 위해 피나는 연마의 시간을 신비롭게도 통과한다. 피나는 노력 끝에 어떤 신비의 도약이 이루어지는 것이다. 드디어 조나단 리빙스턴 시걸은 경이로운 성장을 하게 되고 원래의 갈매기 사회에 돌아와 자유와 사랑과 성장에 대해 가르친 후 다시 하늘로 떠난다. 혼자서.

혼자라는 두려움을 버리면 혼자라는 충만함이 생겨날 게다. 외로움은 괴로움이 아니며 오롯이 황홀함과 맞닿아야 한다. 피나는 노력 끝에 어떤 신비한 도약이 있다는 것을 나는 믿는다. 지금 이렇게 버벅거리며 글을 쓰고 있는 나도 언젠가 아주 놀라운 글을 쓸 수 있는 신비로운 도약에 도달할 수 있다는 것이다. 그래서 신성한 충만의 길에 들어설 수 있다는 거다. 오 솔레미오의 찬란한 힘을 붙잡아라.

◇

나는 베네치아의
소녀시대

베네치아에는 은발의 노인들이 유난히 많이 걸어
다닌다. 노부부가 함께 불편한 걸음을 끌고 거리를 걷
는 모습은 낯설기도 하고 참으로 부럽기도 하다. 배를
타도 마트에 가도 거리를 걸어도 공항에 나가도 적어
도 팔십은 넘었을 백발의 노인들이 부부가 함께, 혹은
친구들과 함께 걸어가는 모습이 성당의 종소리와 같
은 실버의 색채로 은은히 빛나고 있다. 노인들에게서
는 걸을 때마다 성당의 종소리와 같이 퇴색한 은색의,
약간 녹슨, 관절이 삐걱이는 소리도 났다. 그래도 그들
은 걷든지 걸으려고 노력 중이었다. 은발이거나 백발
인 그들의 발걸음은 비록 힘들었으나 그들은 늘 내 앞

에서 내 옆에서 내 뒤에서 숨결을 끌고 숨결이 다하도록 걷고 있었다. 숨결을 끌고 숨결이 다하도록. 그렇다. '숨결을 끌고 숨결이 다하도록'이라는 말이 좋다. 그 많은 노인들이 힘들게 두 발을 끌고 걷고 있는 거리에서 65세인 내가 소녀시대 같다. 내가 베네치아의 소녀시대다. 하도 어이가 없어 생각만 해도 웃음이 나와 나는 막 웃으며 기운차게 길을 걸어간다. 걸어야 산다, 라는 서울 집에 있는 책 이름이 생각난다. 내가 소녀시대다. 하하하.

햇빛이 아까워서 오늘도 걷는다.

2부

가시나무새는
가시에
산다

◇

카도로,
황금의 집

    내가 살고 있는 이 동네는 수상버스의 역 이름이 카도로Ca'd'Oro, 즉 황금의 집이라는 말이란다. 정류장에서 내리자마자 작은 골목으로 들어가는데 그 골목에 바로 '카도로'라는 아름다운 건물이 있다. 골목이 너무 좁은 길이라 골목 안에서는 그 위용을 볼 수 없고 운하 쪽에서 보아야 한다는데 그러려면 바포레토를 한 정거장 더 타고 다음 역으로 지나가면서 보아야 한다. '베네치아풍 고딕'이라 불리는 저택으로 고딕 요소에 비잔틴풍이나 아랍풍이 뒤섞여 있다. 전성기에는 벽면에 황금을 붙여 지었다고 하는데 세상에 그때가 1436년경이라니. 1436년경에 이런 건축물이 지어졌다니. 조선은 세종대왕 시절이었겠다.

　세종대왕 시절에 한글이 창제되었고(1443) 훈민정음을 반포(1446)했고 집현전이라는 최고의 아카데미가 있었으니 조선 또한 그 시절이 최고로 빛나는 시절이었다. 카도로는 하얀 돌과 대리석으로 지어져 21세기까지도 햇빛 속에서 은은히 빛나고 있는 보물이다. 하긴 베네치아의 궁전이나 건물은 거의 다 운하를 향하고 있으니 배를 타고 다니면 거의 모든 보물을 다 볼 수 있다. '죽기 전에 꼭 보아야 할 건축물 100'에 뽑힌 건축물이라고 한다. 황금을 붙였다는 그 건물 이름이 이제 동네 이름이 되었다.

　베네치아풍의 그림이나 장식품들은 참으로 예쁘고 화려하다. 그림 속의 여성들은 연한 분홍빛 피부에 청초하고 아름답고 장식품이나 유리 공예 등에도 아름다운 여성들이나 잔잔한 야생화 같은 꽃이나 새들이 나온다. 거리에서 활기차게 걸어가는 여성들은 아름답고도 건강하다. 건강미가 넘친다.

　학교 가는 아이들 풍경이 재미있다. 세계 어디에

서나 아침에 학교 가는 아이들의 모습은 방금 세수하고 나온 싱그러운 희망 그 자체다. 아침을 시작하는 사람들이 좋다.

베네치아풍의 여인들이 가득 찬 갤러리. 복숭아처럼 분홍빛 뺨을 자랑하는 달걀형의 얼굴. 긴 머리는 살짝 올리고 긴 목을 자랑하며 보석들이 찬란하다.

「현을 위한 아다지오」라는 음악이 있다. 알비노니의 아다지오. 아다지오란 '고요하게 천천히'라는 말인데 그 알비노니가 베네치아에서 태어나 살았다는 것을 베네치아에 오고 나서야 처음 알았다. 자료에 의하면 토마소 알비노니(1671~1751)는 베네치아 태생의 작곡가이다. 부모님이 종이 제조와 판매업 등을 해서 부유한 생활을 하고 있었고, 덕분에 알비노니 역시 풍요로운 생활을 했다고 한다. 생애는 별로 알려지지 않았지만 당시 베네치아에서는 상당히 유명한 작곡가였고 300곡 가량의 음악을 작곡했다. 요한 세바스찬 바흐도 알비노니를 높게 평가했고, 그의 음악을 편곡했다고도 한다. 아니 그 「현을 위한 아다지오」만으로도 그는 기

억될 만한 음악가로 사랑받고 있지 않은가. 물결 속에
어룽지는 햇빛이 오늘도 놀랄 만큼 찬란하다.

◇

베네치아의
쌀

쌀을 사러 리알토 다리 부근으로 간다. 일 년 전에 베네치아 카포스카리 대학에 체류했던 김광규 교수님과 정혜영 교수님께서 쌀을 사려면 꼭 리알토 거리로 나가 큰 수퍼마켓에서 쌀을 사라고 하셨다. 그 집 쌀이 맛있다고 하셨다. 지혜도 많고 정도 많으신, 꼭 자애롭고도 귀여운 큰언니 같은 정혜영 교수님의 추천에 따라 리알토 거리로 나가 그 수퍼마켓을 찾았다. 쌀은 단순한 쌀이 아니다. 쌀의 종류가 얼마나 많은지 쌀을 사는 문제가 외국에서는 단순한 문제가 아니다. 그래도 미국에서는 한인마켓에 가면 한국 쌀을 쉽게 살 수 있는데, 김제평야 쌀이냐 임진강 쌀이냐, 뭐 그 정도의 고민 가운데 선택이 놓이는데 이곳에서는 태국 쌀이냐 베트남 쌀이냐 인도 쌀이냐 중국 쌀이냐 일본 쌀이냐 뭐 그런 국경선을 넘나드는 고민이었다. 솔직히 나는 날리는 것같이 퍼석퍼석한 동남아 쌀은 먹지 않는다. 대다수의 한국인이 그런 퍼석거리는 쌀은 안 먹는다. 쌀 봉지를 들고 모르는 이탈리아어를 읽어보고 혹시 영어로 써 있지 않나 쌀 봉지의 앞뒤 면을 막 훑어보는데 줄리오가 자기 엄마가 리알토 상점 거리에서 파스타 면을 파는 상점을 하고 있는데 거기 쌀도 있으니 한번 가보겠느냐고 한다.

줄리오를 따라 리알토 다리를 지나 좁은 골목에 있는 리알토 상점들의 거리를 구불구불 가노라니 '고급 파스타 면 전문점'이 있는데 거기가 줄리오 엄마네 상점. 예술처럼 아름다운 색의 파스타 면들이 예술작품처럼 예쁘게 진열되어 있다. 파스타 면의 색채도 이렇게 아름다운, 역시 베네치아는 색채의 도시. 줄리오 엄마네 상점은 거의 100년이 되었단다. 할아버지 대부터 리알토 거리에서 이 상점을 운영했다니 정말 놀라운 일이다. 와아…… 줄리오, 알고 보니 부잣집 아들이야, 좀 놀려먹었다. 가게 안쪽에는 동양 식품이 일부 진

열되어 있는데 한국의 사발면, 농심 신라면, 김치 통조림, 참치 캔 등이 있었다. 그리고 쌀은 일본의 수사미壽司米. 스시 쌀. 아무래도 동남아 쌀이나 인도, 중국 쌀보다는 이웃나라인 일본 쌀이 낫겠지, 싶어서 그 쌀을 샀다. 마음으로는 거부감이 오는데 그 쌀로 지은 밥이 한국인의 입맛에 맞았고 그런 사실이 좀 서글프더라는 그런 감상적인 이야기. 베네치아에 있는 동안 나는 계속 그 좁은 리알토 상점 골목을 걸어 줄리오 엄마네 가게에서 쌀을 사다 먹었다. 베네치아의 중심 상가 골목에서 쌀을 살 수 있어 행복하다.

대학
가는 길

카포스카리 대학은 카 레조니코 역 바로 앞에 옛날 궁전이었다는 본관 건물이 있고 크림 베이지색의 담벼락으로 이어지는 긴 골목을 걸어가면 학생들의 광장인 산타 마르게리타 광장 부근에서부터 건물이 여기저기 흩어져 분포하고 있다. 미국식 캠퍼스 개념이 아니어서 작은 소운하를 따라 여기저기 흩어져 있는 건물들이 대부분 대학 건물이라고 한다. 리도 섬이 종착지인 1번 바포레토를 타고 가다가 카 레조니코 정류장에서 내리거나 반대 방향으로 피아찰레 로마나 산타루치아 역에서 2번 바포레토를 타고 가다가 주데카 정류장에서 내려서 5분정도 걸어가면 비교적 신식인 아시아 학부가 있는 대학 건물이 나온다. 아드리아 바다의 물결이 아름답고 힘차다. 바다 저 멀리 신식 건물인 힐튼 호텔의 모습이 보이기도 한다. 그리고 해변에는 커다랗고 고급스런 유람선이 늘 유유히 정박해 있다. 그 안에 있을 멋진 유람객들을 생각한다.

　이 대학에서 내가 한국시에 관한 강의를 하고 나의 시를 낭독할 것을 생각하니 가슴이 뛰고 희망이 부풀어 올랐다.

20세기 현대미술의 정수를 보여주는 베네치아 페기 구겐하임 미술관에서
미적 상념에 잠긴 김승희 시인

◇

「베네치아처럼」

메멘토 모리를 머리에 두르고
카르페 디엠을 전신에 펼치고
풍성한 누드로 누워 있는 여인 같은 베네치아

불멸의 햇빛은 오늘도 찬란하건만
내일의 햇빛은 나를 모르리라
내일의 물결도 나를 모르리라

오늘의 사람들은 오늘의 물결에 씻기며
목욕하는 누드로 지상의 광채를 걸치고
일시에 물방울을 철철 흘리며 함께 일어선다

어쩌면 찬란한 우울의 팡세

우리는 반짝이며 시계 안에서 살았다

온몸이 젖어서 시계 안에서 죽었다

◇

홀로와
호올로

"가을에는/호올로 있게 하소서/나의 영혼/굽이치는 바다와/백합의 골짜기를 지나/마른 나뭇가지 위에 다다른 까마귀같이" 김현승의 「가을의 기도」 마지막 연처럼 나는 혼자 있다.

혼자 있는 것도 모자라 '호올로' 있다. 홀로가 아니라 호올로 있다. 홀로 있는 것과 호올로 있는 것의 다른 점은 무엇일까. 다른 점은 고독의 길이다. '호올로' 있는 것은 '홀로' 있는 것과 다르게 오래 길게 혼자 있다는 것일 게다. 개인이 감당 못할 만큼 혼자 오오래 있다는 것. 그래서 고독의 무게가 개인의 폐와 숨골을 누르는 것이 느껴질 만큼. 그런 가을에 나는 베네치아의 카나레조 구역의 한 오래된 골목에 매달려 있다. 마른 나뭇가지에 매달려 있는 늙은 까마귀같이. 이 골목에 깃든 것들은 모두 낡았다. 폐허 뒤에 폐허가 서 있는 것처럼 낡았다. 벽도 낡았고 돌도 낡았고 계단의 대리석도 낡았고 다 낡았다. 대리석이 닳도록 오래된 것들이 이토록 많다니! 여기에서 미치도록 생생한 것은 창문을 통해 들어오는 햇빛이다. 그 햇빛 아래 도르래를 돌려서 걸어놓은 빨래들이다. 흰 빨래, 푸른색 빨래, 분홍색 빨래들이 햇빛 아래 나부끼고 있는 것이다. 이 낡은 것들과 함께 있으면서도 낡아서 붕괴하지 않을 수 있는 것은 바로 이 햇빛, 그리고 아이들과 여자들과 남자들의 옷이 널린 빨랫줄 때문이리라. 침대보와 베개 커버와 속치마와 트레이닝 바지가 나부끼는 햇빛 아래 빨랫줄에서 마르고 있는 일상의 순진무구함. 일상은 이렇게 순진무구하고 무궁무진하다. 나는 확신한다. 햇빛 아래 빨랫줄에 걸린 아기들의 빨래가 이 낡은 폐허의 골목을 구원하고 있는 것이라고. 햇빛 아래 검은 까마귀 대신 바다물새가 홀로 앉아 가끔 유리창을 깃으로 스치며 흠칫흠칫 노크하고 있는 풍경.

◇

게토 구역에서
라이너 마리아 릴케를 만나다

산타루치아 역에서 카나레조 쪽으로 걸어가다 보면 굴리에 다리를 건너 게토라는 허름한 유대인 밀집 지역이 나온다. 골목 앞에 흐리고 작게 게토라고 쓴 화살표가 그려져 있다. 토요일 오후에는 관광객들을 위한 게토 투어도 있다. 세계에서 처음으로 게토라는 말이 생긴 곳이 베네치아라고 한다. 16세기 초에 유대인 격리정책으로 이 게토에 유대인들이 모여 살았다고 하는데 소운하와 다리들로 격리는 자연스럽게 이루어졌다고 한다. 그곳이 셰익스피어의 「베니스의 상인」의 인색한 유대인 상인 샤일록이 살던 동네였고 지금도 그의 이름이 남은 '베니스의 상인'이라는 멋진 향수

가게가 카나레조 거리에 있다. 유대인들은 세계 여러 나라에 흩어져 살면서 그 나라 문화/유대 문화라는 경계 지역에 살기 때문에 창의성이 발달했다고 한다. 소외 집단에서 창의성은 더 나타나기 때문이다. 낯선 사람들이 지도를 들고 복닥복닥하는 게토의 작은 골목길(이탈리아 말로 깔레)에는 허름하고 작은 집들이 다닥다닥 붙어 있고 낡아서 껍질이 벗겨지고 있는 시멘트 벽에는 스프레이 페인트로 이런저런 기호와 문양들이 지저분하게 그려져 있다. 그런 풍경이 게토 구역을 음울하고 어둡게 느끼게 한다.

골목은 골목으로 이어지고 골목은 조그만 정원을 끼고 한없이 골목으로 이어지는데 골목 안쪽으로 들어가면 갑자기 밝은 광장이 나오고 고층 아파트처럼 높은 집들도 나온다. 나무가 별로 없는 베네치아 지역에서 그래도 나무가 울창한 지역은 게토 지역이다. 지금은 아무도 유대인을 격리하지 않지만 지금도 게토에는 유대인들이 모여 살고 있고 시나고그라고 부르는 교회도 있고 학교도 있고 문화 박물관도 있고 나치에게 박해받은 흔적을 모아놓은 작은 건축물도 있다. 토요일이면 검은 양복에 키파라는 유대인 전통 모자를 쓴 신사들이 카나레조 거리를 줄지어 간다. 무슨 행사 같은 것이 있나 하고 둘러봐도 그것은 아닌 것 같고 아마 토요일에 시나고그를 갔다가 어딘가로 가는 사람들인가 보다. 검은 양복으로 쭉 뽑아입은 신사들의 모습만 보인다.

라이너 마리아 릴케가 1897년에 맨 처음, 그리고 1920년대 초반에도 여러 차례, 합계 10번을 베네치아에 체류했었다고 『릴케의 베네치아 여행』이란 책을 쓴 비르기트 하우스테트는 말한다. 세계의 여러 도시를 여행하며 살았지만 시인은 베네치아를 특별히 좋아했다고 한다. 그는 또한 베네치아 게토를 특히 사랑해서 뒷골목 순례를 즐겼다. 릴케처럼 여행은 감성과 우연에 맡겨야 한다고 생각을 하면서 게토 지역을 산책하며 아, 여기를 릴케가 거닐었겠지, 여기? 어디? 저기? 고개를 빼고 사방을 두리번거렸다. 게토 지역엔 일반 베네치아와는 다르게 고층 건물이 제법 있다. 고층이라야 7층, 8층 정도 되는 집이지만 당시 유대인들은 엄청난 세금에 시달리면서도 집을 살 수가 없었고 단지 세습임차권과 증축할 권리만이 있었기 때문에 가족들의 수가 늘어나자 집은 하늘을 향하여 올라갈 수밖에 없었다고 한다. 그래서 남의 집 지붕 위에 집을 짓는 가파른 집들이 생겨났다고 한다. 릴케는 단편 「베네치아 게토의 한 장면」에서 귀족이자 기독교인인 마르크 안토니오와 아름다운 유대인 아가씨 에스터와의 사랑을 그리면서 게토 지역의 가장 높은 집에서 살기를 원하는 부유한 유대인 금 세공사 멜키제데크, 즉 아름다운 에스터의 할아버지인 백발노인의 기이한 이야기를 쓰고 있다. 그는 새 집이 지어지면 가장 높은 곳으로 이사를 가는 기이한 열망을 가지고 있는데 새 집의 가장 높은 지점의 지붕으로 올라가 무엇이 보이는지 고개를 빼고 보다가 '바다'를 꿈꾸며 바닥에 떨어지게 된다. 안토니오의 아이를 낳고 그로부터 버림받은 에스터의 아기도 구름 속에서 노인과 함께 보였다. 이 이야기를 동화나 종교적 우화라고 하는데 릴케의 아름다운 단편 속의 절박한 갈망의 이야기와는 다르게도 바다는 52번 노선 버스 굴리에 정거장에서 조금만 걸어 올라가면 푸르게 넘실거리며 나타난다.

릴케는 유럽의 총체적 예술작품이자 아름다움의 극치인 베네치아에서 넘치는 영감을 받았다. 아, 이 골목길을 릴케가 걸었겠지, 생각하면 가슴이 뛰고 사라지기 전에 무지개를 잡아야 한다는 생각으로 두 다리에 힘이 솟았다. 그리고 릴케의 후원자로 오스트리아에서 가장 부유하고 학식과 문화적 감성이 높았다는 마리 폰 투른 운트 탁시스-호엔로에 부인이 있었다. 릴케를 베네치아에 오게 한 것도, 베네치아에 있을 때 한때 아름다운 카날그란데를 조망할 수 있는 고급 호텔에 묵게 한 것도, 아드리아 해에 있는 두이노 성으로 초대한 것도 그녀였다. 20세기 실존주의적 모더니티의 문을 열었던 릴케의 최고의 시 「두이노의 비가」는 그렇게 시작되었다.

게토 지역은 지금은 다리가 많이 생겨 섬은 아니지만 1516년 당시의 도제(우리말로 통령)가 빈민가가 있던 섬에 유대인들을 격리하여 살게 하기 시작하면서 시작되었다. 그 후 아이러니컬하게도 게토 지역은 나폴레옹이 베네치아를 점령한 후 격리가 해제되어서 비로소 유대인들은 베네치아 인과 동등한 자격으로 살게 되었다. 그러나 2차 세계대전이 발발하여 나치가 베네치아를 점령하자 다시 유대인들은 수난의 운명에 휘말리기 시작했으며 나치에 의해 박해를 받고 강제 수용소나 아우슈비츠로 끌려가 한 줌의 연기로 사라지기도 했다. 베네치아 유대인 중 250명 정도의 유대인이 강제로 끌려가서 아우슈비츠 등 수용소에서 죽었다고 한다.

나는 게토의 골목길 순례를 즐기며 게토 투어 가이드의 소개로 보았던 보도블록 사이의 표지석을 찾으려고 노력했다. 분명 가이드는 그 금빛이 도는 포장석이 독일 예술가 군터 뎀니히가 만든 '슈톨퍼슈타인'이라고 손가락으로 가리키며 알려주었는데 혼자 다시 갔을 때는 찾지 못했다. 그것은 나치에 의해 사라진 사람들의 최종 주거지나 최종 일터 앞에 황금 금속판을 설치하여 희생자를 기념하는 보도블록 표지석이다. 아이폰으로라도 직접 사진을 찍으려고 몇 번 배회를 해도 그것은 눈에 띄지 않았다. "그 금속판에는 '여기 ㅇㅇㅇ가 살았다'라는 단순한 문장과 생몰 연대의 숫자 몇 개가 새겨져 있지만 그보다 더 강력한 문장이 있겠는가. 가장 단순한 것이 가장 강력하다. 그 문장은 사라질 수 없는 자의 처절한 사라짐을 역사에 고발하면서 침묵의 말로 절규하고 있었다." 만일 일본인 조각 예술가가 일제강점기, 식민지배 시절을 고발, 속죄한다는 표시로 독일 조각가의 슈톨퍼슈타인 같은 예술 프로젝트를 한국 땅에 기획을 해서 소녀들을 위안부로 끌고 간 자리,

태극기를 들고 대한독립만세를 불렀던 소녀들을 총으로 쏘았던 아우내 장터의 자리, 만세를 불렀다고 마을 주민들을 교회로 밀어 넣고 교회에 불을 지르고 총으로 쏘아 죽인 제암리의 자리 등을 표지석으로 금빛 표시를 하는 예술작업을 한다면 얼마나 진실하고 의미가 깊을까? 그런 생각도 가끔 해보았다.

사실 독일의 조형예술가 군터 뎀니히는 서울을 방문해서 역사의 표지석 작업을 한 적이 있었다. 2016년인가, 옛 일본대사관 앞에서 열리는 수요집회에 참석하여 소녀상 옆의 평화비 앞에 금빛 동판을 부착하는 작업을 텔레비전 화면을 통해 본 적이 있었다. 그 금빛 동판에 새겨진 위안부 피해자의 이름은 김학순, 김순덕, 강덕경이었다. 슈톨퍼슈타인이란 말은 '걸림돌'이라는 뜻도 가지고 있다고 한다. "걸림돌. 걸려서 넘어진다. 그 돌에 걸려 넘어진다. 마음과 영혼이 그 돌에 걸려 넘어져서 인류의 각성을 요구한다는 걸림돌." 넘어져야 정신이 든다, 는 소박하고 날카로운 의미. 동양적 의미에서 할喝 같은 역사의 고함 소리!

그런저런 연상을 하면서 게토 거리를 걷자 금빛 표지석을 통해 서울과 베네치아가 같은 피가 흐르는 자매관계라도 된 것처럼 느껴졌다. 마치 슬픈 자매를 이제야 만난 듯이 비애를 가슴에 품고 나는 베네치아의 손을 조용히 잡았다. 나치와 일제의 전쟁 폭력, 성폭력은 인류사에서 다시는 일어나면 안 되는, 인간이 인간이기를 포기한 처절한 악몽이 아니겠는가. 그런 비참과 기억과 숭고의 흔적들이 모여서 역사와 문화의 다층을 이룬다. 서울과 베네치아는 그런 역사와 문화와 이야기의 층이 시루떡처럼 포개지고 중첩된 흔적들을 생생하게 지니고 있어 영원히 살아 있는 문화의 다층적, 다성악의 도시가 된다. 어느 어두운 시간, 어느 암울한 공간에서도 인간이 인간적으로 살았었다는 경이로운 흔적을 다층적으로 보여주고 있는 게토 거리를 걷다 보면 「인생은 아름다워」라는 로베르토 베니니의 영화가 생각났다.

고통과 펜은 동등하다:
'깨진 심장'의 여인의 시

『릴케의 베네치아 여행』이라는 책을 쓴 비르기트 하우스테트는 1907년 릴케가 베네치아에 처음으로 머물렀을 때 「베네치아의 아침」이란 시를 썼고 베네치아에서 멀지 않은 맞은편, 아드리아 해안에 위치한 두이노 성에서 몇 달 동안 베네치아에 관한 책은 모두 찾아 읽었다고 썼다. 베네치아에서 그는 기록보관소와 도서관을 방문했고 그 수확의 하나로 베네치아의 매우 중요한 여성 시인인 가스파라 스탐파(1523~1554)의 소네트를 번역하려고 마음먹기도 했다고 한다. 가스파라 스탐파는 16세기 이탈리아 르네상스 시대에 시를 썼던 위대한 여성 시인이다. 그녀는 매우 젊은 나이 31세에 육체적 기진氣盡과 우울증으로 비극적으로 빨리 죽었다. 어떤 이들은 그녀가 '깨진 심장' 때문에 빨리 죽었다고도 말한다. 생전에는 그렇게 유명하지 않았지만 18세기 초반 그녀의 작품집이 다시 출간된 이후 명예를 다시 얻게 되었으며 라이너 마리아 릴케가 그녀의 시를 옹호해서 다시 부상했다고 한다. 그녀는 독창적 목소리와 관습에 대한 도전으로 현대에 들어와서 페미니스트 학자들에 의해 찬사를 받았다.

그녀는 1523년 파도바에서 보석상의 딸로 태어나 여덟 살 때 아버지가 사망한 후 그녀의 어머니 세실리아는 아이들을 데리고 베네치아로 이사를 가서 문학, 음악, 역사, 그림을 교육시켰다. 스탐파의 집은 오빠가 시인으로 유명해지자 베네치아의 화가, 작가, 음악가들이 교류하는 예술의 장場이 되었고 그녀도 그 예술 클럽의 일원이 되었다. 가스파라 자신이 류트를 켜고 노래를 했다는 기록도 있으며 우리나라 기생처럼 노래도 부르고 시도 쓰고 연희演戱도 했다는 말도 있다. 오빠가 갑작스레 세상을 떠나자 스무 살의 그녀에게는 비극적 트라우마가 생겼으며 그 고통을 이기기 위해 수녀가 되려고도 했다. 그러다가 한때 그 모임의 일원이던 콜랄티노 디 콜랄토 백작과 사랑에 빠지게 된다. 또한 그녀가 베네치아에서 궁정 출입을 하면서 상류층 남성을 상대하는 교양과 기예를 겸비한 기생 비슷한 생활을 하다가 콜랄토 백작과 만나게 되었다는 설도 있다. 그런 자신의 생활을 쓴 시도 있다. 「라임 28」이다.

> 그 눈들 앞에서, 나의 삶과 빛
> 세상 속에 나의 아름다움과 행운, 내가 서 있을 때
> 스타일, 발화, 열정, 천재, 나는 명령한다
> 생각들, 기지(奇智), 내가 자극하는 감정들,
> 모든 것 속에서 나는 압도당하고 완전히 소비되고
> 귀머거리 벙어리처럼, 멍하고, 모든 숭배,
> 그 사랑스런 빛 속에서 단지 놀라서, 나는 고정되고
> 임대되었다,
> 충분히, 한 마디도 나는 음송할 수가 없네,
> 그 신성한 악령(잠자는 여자를 덮친다고 믿어지던
> 남자 악령)이 내 힘을 짜먹는 것을
> 내 영혼을 편안하게 두는 것을 멈추지 않기 때문에.
> 오, 사랑이여, 이상하고도 놀라운 것이여,
> 하나의 유일한 것, 하나의 아름다움만으로도

나에게 생명을 주고 위트를 빼앗아 갈 수 있는 것이여.

7년 동안 그들의 사랑은 활짝 꽃피었으나 이후 식기 시작했으며 백작의 잦은 긴 항해 때문에 두 사람의 사이는 멀어지게 되고 1551년에 관계는 깨지게 된다. 그런 사랑의 고통을 그녀는 이렇게 노래한다.

이미 지금 기다림에 넌더리나고, 지금까지
그 고통으로 너무 두들겨 맞아 (지금까지 그 화상은
멈추지 않고, 그는 그렇게 빨리 잊었나, 얼마나
내가 그가 그의 귀환을 믿으며 얼마나 그리워하는지),

나는 외치네 그녀에게 나를 쉬게 해달라고,
파랗게 질린 얼굴과 수확하는 자의 칼을 든 그녀
그녀의 차가운 촉감은 삶의 가장자리를 규정하고
나의 가슴속에서 자라고 있는 필요는 너무 가혹하다
그러나 그녀는 귀먹었고 나를 구제해주지 않는다
마치 비탄으로 미쳐가는 나의 존재를 퇴짜놓는 것처럼,
그리고 무심하게 그가 나에게 그 자신을 부인하는 것
처럼

나의 두 눈은 언제나 젖어 있고, 울음은 이 빌라를
채우며 고통으로 해안선을 채운다,
그가 자신의 언덕에서 의기양양하게 잘 살고 있는 동안

그녀는 우울증의 경계에 있는 멜랑콜리에 긴 시간
동안 빠졌고 그동안 311편의 시(Rime)를 써서 거의 그
에게 헌정했다. 그녀는 자신의 고통을 강하고 지성적
인 시를 쓰기 위한 영감靈感으로 사용했으며 그리하여
생존과 명예를 얻었음을 아래의 시「라임 8」에서 분명
히 하고 있다.

만약 내가, 비천하다면, 태생이 천한 여인이라면,
내 안에 있는 그 고귀한 불을 나는 견딜 수 있다,
왜 나는 최소한 이것을 세상에 말할 만한 작은 시적
힘을
소유해서는 안 되는가?
만약 사랑이, 그렇게 새로운 전례 없는 부싯돌로
내가 기어 올라갈 수 없는 곳으로 나를 고양시켜준다면,
왜 나는, 범상치 않은 방식으로,
고통과 펜이 나 자신 안에서 동등해지도록 만들 수

없는가?

　만약 사랑이 자연의 힘으로 이것을 할 수 없다면

　아마도 기적으로, 그는 스쳐가며 모든 일반적 척도
를

　폭발시켜버릴지 모른다,

　어떻게 그렇게 될지, 나는 잘 설명할 수는 없지만,

　그러나 나는 느낀다, 나의 위대한 운명으로 인해,

　나의 심장은 강력한 새로운 스타일로 각인된다는 것을

　고통과 펜을 동등하게 만들기 위해 그녀는 상실의 아픔을 가지고 시의 새로운 스타일을 만들었다. 아래의 시 「라임 208」에서 "고통과 펜은 동등하다"는 그녀의 시적 실험을 강렬하게 볼 수 있다.

　사랑으로 인해 나는 저 불 속에 사는

　지구상에 새로운 도롱뇽처럼

　또는 다른 희귀한 피조물인, 피닉스처럼

　소멸하고 동시에 솟아올랐다.

　릴케는 바로 이 지점에서 가스파르 스탐파를 찬미

했으며 진정으로 사랑할 줄 아는 사람은 버림받은 여인들이라고 말하고 자신의 유명한 시 「두이노의 비가」 중 제1 비가 속에서 그녀에게 예술적 기념비를 세워주었다.

"그래도 그리움에 견디기 어려우면, 사랑으로 살다 간 여인들을 노래하여라/ 그녀들의 자랑스러운 그 감정도 불멸의 것이 되기엔 아직 부족하다./ 네가 부러워하기까지 하는 저 버림받은 여인들/ 그들은 그 사랑에 만족했던 자들보다 더 사랑을 할 줄 안 사람들이었다/ 다함없는 찬미를 거듭하여라/ 생각하라, 영웅은 스스로 자신의 존재를 유지하는 법,/ 몰락조차도 그에겐/ 존재를 위한 구실, 최후의 탄생에 불과했나니"라고 노래하면서 버림받은 여인들, 몰락한 영웅들이야말로 불멸의 사랑을 아는 사람들이라고 찬미한다. 가스파라 스탐파는 릴케에 의해 불멸을 아는 위대한 사랑의 여인으로 다시 태어났다. 릴케는 결핍과 상실 속에서 버림받은 여인이 그 결핍과 상실을 뛰어넘어 자신의 아픔을 시로 승화시킬 때 초인간적 불멸의 지위를 얻게 된다고 생각했다. 릴케에게도 나와 같이 '그래도' 정신이 있었던 듯하다. 문제는 예술적 승화라는 것이다.

"너는 가스파라 스탐파를 마음속 깊이 생각해본 적이 있는가? 연인으로부터 버림받은/ 어느 소녀가 이 사랑하는 여인의 고결한 모범을 본받아/ 자기도 그녀처럼 되리라는 생각을 간직하게 하리 만큼,/ 이제야말로 이 오래된 아픔이 우리에게/ 더욱 풍요한 결실을 맺게 해야 하지 않겠는가? 우리가/ 사랑하면서/ 연인으로부터 벗어나, 떨면서 참아내야 할 때가 아닌가/ 마치 화살이 힘을 모아 날아가서 〈그 이상의〉 존재가 되기/ 위하여 떨면서/ 시위를 견뎌내듯이, 참으로 머무름이란 어디에도 없다."

릴케는 진정한 사랑이란 연인으로부터 벗어나 이룰 수 있는 것이고, 아픔으로 풍요한 결실을 맺고 화살이 그 이상의 존재가 되기 위하여 떨면서 시위의 불안을 견뎌내는 것처럼 변전變轉과 무상無常을 잘 견뎌내야 한다고 말한다. 변전과 무상을 향한 대긍정이다. 그러므로 어떤 고통도 끝이 아니며 어떤 깨진 심장도 최후가 아니다. 버림받은 여인들은 사랑의 성숙을 향해 변모하고 있는 중이며 상실을 통해 불멸을 만들어가는 중이다.

◇

릴케의 베네치아를 통해
내가 깨달은 것들:
고독이 없는 사랑은 미성숙이다

　　하우스테트에 의하면 릴케가 로마넬리 자매의 집
에 머무를 때 그 모퉁이에 캄포 산 트로바소라는 구역
이 있었다. 산 트로바소 구역은 곤돌라를 만드는 조선
소가 있고 조선소 노동자, 그 수공업자들이 생활하는
정겹고도 역동적인 장소인데 시인은 그 뒷골목의 산
책을 즐겼다. 또한 릴케는 산 트로바소의 산책길에서
1554년 4월에 가스파라 스탐파가 죽었던 집을 알게 되
었다고 한다. 앞서 말한 것처럼 가스파라 스탐파는 당
시 베네치아에서 중요한 여성 시인이었으며 릴케의
'수호성인' 중의 한 명이라고 하우스테트는 쓰고 있다.
"그녀는 불행한 사랑 때문에 예술가가 되었기 때문에

릴케는 그녀의 삶과 사랑에 대한 이력을 귀감으로 삼았다."

릴케가 스탐파에게서 특별히 찾아낸 것은 무엇인가? 그는 고유한 무엇을 그녀의 삶과 노래에서 발견했는가? 소유하지 않는 사랑의 이상理想-이라고 하우스테트는 대답한다. 소유하지 않고서도 사랑을 할 수 있는가? 사랑하는데 소유를 버릴 수 있는가? 소유가 사랑을 죽인다는 것에 동의할 수 있는가? 그래서 한시도 머무르지 않고 사랑할 수 있는가? 그것을 보여주는 것은 시인 릴케의 삶 자체다. 아내 클라라와의 평생에 걸친 보헤미안적인 사랑, 루 살로메와 시인의 바람의 선물과도 같은 사랑, 소유하지 않고 흘러가면서 그들은 그렇게 불멸의 사랑을 지켜갔다. 릴케는 편짓글에서 "저를 사랑하는 모든 사람들에게 부탁드리거니와 저의 고독도 사랑해주시기 바랍니다"라는 말을 자주 썼다고 한다. 사랑하기 위해서는 오히려 자신의 고독을 지켜내야 한다는 이 아이러니! 릴케의 고유한 사랑법의 패러독스다. 범상한 사람들은 결코 그 패러독스를 지켜낼 수 없어서 사랑은 곧 파탄에 이를 것이다.

나는 가끔 학교 일이 끝난 오후 4시쯤 산 트로바소

에 들러 일부러 산책하면서 가스파라 스탐파가 살다 죽었다는 그 집을 찾아보고 싶어서 어슬렁거렸다. 분주한 망치 소리가 들리는 그 허름하고 친숙한 골목이 좋아서 자주 그 길을 기웃거렸다. 베네치아는 어디든지 다 역사고 문화고 예술이어서 일일이 기념비를 찾기는 어려웠다. 다만 가슴 벅차게 돌아다니는 이방인들의 분주한 맥박이 실핏줄 같은 골목에 얽혀들어서 베네치아는 살아 있는 것이다.

한 개 더, 릴케의 발자국. 시인 릴케는 카날그란데를 따라 죽 펼쳐지는 궁전이나 대부호의 저택들이 줄지어 있는 아카데미아 박물관과 아카데미아 다리 부근에 있는, 마리 폰 투른 운트 탁시스-호엔로에 부인이 초대한 그녀의 별장, 팔라초 발마라나에서 살기도 했다. 마침 카포스카리 대학과 수상버스 한 정거장 되는 거리여서 학교를 오고 갈 때는 근처의 큰 저택들을 유심히 들여다보기도 했다. 베네치아에서 수상버스 한 정거장 정도는 슬슬 걸어다니기에 딱 좋은 거리다. 시인이 그 저택에서 글을 쓰며 체류할 때 원래 거기 있던 귀족풍의 접이식 책상을 내놓고 시인이 게토에서 중고로 산 루이 16세풍의 책상을 집필하는 데 사용했다고 한다. "게토에서 저는 낡고 작긴 하지만 적당한 책상을 하나 발견해서 부인의 작은 책상이 있던 자리에 두었습니다. 다만 방향을 조금 바꿔 남쪽 창이 보이도록 했습니다"라고 릴케는 후작부인에게 편지를 쓴다. 릴케는 매우 섬세하고 장식적인 취향을 가진 미적 감수성의 사람이었음을 알 수 있다. 여행 중에 잠시 체류하는 집임에도 자신의 취향에 맞게 가구를 꾸미고 집필을 하는 섬세함과 순발력 있는 적응에 놀라게 된다. 천재들은 공기처럼 그렇게 자신의 고유한 흔적을 신속하게 사방에 전파한다. 그렇듯 시인을 통해 게토의 것과 귀족의 것이 부드러이 뒤섞인다. 릴케가 좋아하던 횡단의 상상력이다. 그것은 세상의 위계를 넘나드는 아름다운 물결의 일이다.

물결이 굽이치는 길을 걸으며 나는 사랑의 패러독스를 노래한 스탐파의 「라임 43」을 떠올려본다. 이 시는 가혹한 사랑의 고통에서 쾌락을 느끼는 약간의 마조히즘을 살짝 보여준다. 이 지점에서 그녀는 전통적 서정시를 벗어나 모더니티의 역설적 힘을 뜨거운 손으로 부여잡는다. 그녀의 사랑은 해로운 음식을 부여잡는 사랑.

나의 운은 가혹하지만, 나의 백작이 나를 다루는 운
명은 더욱
가혹하다, 그는 나에게서 도망가고
나는 그를 따른다, 다른 사람은 나를 열망하지만
나는 다른 남자의 얼굴을 바라볼 수가 없다

나는 나를 사랑하는 그를 증오하고 나를 조롱하는
그를 사랑한다
겸손한 연인에 맞서서 내 심장은 반란한다
나는 내 희망을 죽이는 그에게 공손하며
내 영혼은 그런 해로운 음식을 갈망한다

그는 나에게 끊임없이 분노의 원인을 주지만
다른 사람들은 나에게 위로와 평화를 주려 한다
나는 이들을 무시하고 대신 그에게 매달린다

그러므로 당신의 학파에서, 사랑은, 우리가 받아야
할 것과
정반대의 대우를 받는다,
겸손한 자는 멸시당하고 무정한 자는 보상받는다

어쩌면 찬란한 우울의 팡세

당신의 학파는 이상한 사랑의 학파다. 당신의 사디즘을 살짝 받쳐주는 그녀의 마조히즘. 좋은 약을 거부하고 독약을 찾는 그녀의 가혹한 사랑의 본능을 무어라고 부르는 게 좋을까. '고통은 펜과 동등하다'라는 그런 사랑법으로 그녀는 쓰라린 사랑을 하고 쓰라린 시를 썼다. "영변에 약산/ 진달래꽃/ 아름따다 가실 길에 뿌리오리다// 가시는 걸음걸음 놓인 그 꽃을/ 사뿐히 즈려밟고 가시옵소서"라는 김소월의 「진달래꽃」이 생각난다.

◇

조금은 따뜻한
가족주의

　이탈리아 사람이 장수하고 가족주의로 따뜻하게 뭉쳐 있다는 것은 맞는 말인 것 같다. 길을 활기차게 걷는 사람 중에도 노인들이 많고 앞서 말한 대로 씨뇨레, 씨뇨라 들이 그냥 늙은이들이 아니고 어딘가 멋지다는 것이다. 남자들은 명품 양복점 주인처럼 멋지고 여자들은 미용실 원장님처럼 스타일이 있다. 노천카페에 앉아 3대가 함께 식사하는 광경도 자주 본다. 여기서는 혼자 식사하려고 식당에 들어가기가 무안할 정도로 가족들과 친구들과 커플들이 함께 어울려 밥 먹는 풍경이 익숙하다. 사람들이 친화력이 좋고 말이 많아서 어울림의 문화가 생기로 넘친다. 할아버지들이 아이들을 학교에 데려다주는 풍경도 낯설지 않고 할머니가 유모차를 끌고 다니는 풍경도 심심찮게 본다. 땅덩이가 너무 커서 집들이 뚝뚝 떨어져 있고 가족이 해체된 미국 같은 곳의 새파란 외로움이나 타인을 너무 조심하다가 생기는 히스테리, 노이로제 문화보다는 이탈리아 가족들에게선 따스한 인간미가 흐르는 것 같다.

천장화

아이를 업고
나는 비바체를 살았다

　　베네치아에는 바다가 있다. 대운하나 소운하만 있는 것이 아니라 아주 가까운 곳에 바다가 있다. 카도로 골목을 북쪽으로 조금만 걸어가도 아드리아 해海가 나온다. 우리나라 동해처럼 푸르지는 않으나 물살이 세고 맥박 치는 바다가 있다. 맥박 치는 바다. 요즈음 내 심장은 매우 평온하다. 서울에서와 달리 심장은 지금 고요하고 느리게 뛰고 있는 것 같다. 아다지오는 매우 느리게, 안단테는 '걸음걸이 빠르기로'의 뜻으로 '느리게'를 나타낸다. 실제로는 모데라토보다 조금 느린 속도. 느리게 걷다. 내 평생에 아다지오나 안단테를 실현해본 적은 없었다. 늘 숨이 찰 정도로 빠르게 걸었다. 아이를 업고서도 빨리 걸었다. 아이를 업은 비바체. 그렇게 살았다. 속도 과잉이었다. 그래서 늘 얼이 빠진 듯 무언가 중요한 것을 빼먹고 살아왔는지도 모르겠다. 정말 중요한 것은 꼭 빼먹고 살아왔다. 처음으로 인생의 속도를 내려놓고 아다지오로, 안단테로 내려가본다.

음악. 아무튼 음악이다. 물 가까이 살다 보면 모든 것은 음악이며 삶이 음악적 용어에 기대게 된다는 것을 베네치아에 머물면서부터 알게 되었다. 아다지오와 안단테의 속도로만 가자.

이 배들도 급할 것이 없다. 급할 것이 있다면 이 첨단의 시대에 아직도 밧줄로 배를 고정시키는 그 옛날의 정박 기술을 그대로 사용하고 있겠는가. 수상버스의 정류장에 배가 정지하면 여자 직원이 밧줄을 말뚝에 끌어매고 있는 것을 볼 수 있다. 여자 직원은 가냘프다. 그 가냘픈 여성이 밧줄을 말뚝에 끌어매고 있다. 잠시 배가 정지하고 승객들이 내린다. 승객이 내리면 말뚝에 맨 밧줄을 풀고 배는 다시 출발한다. 최종 목적지는 로마 광장이거나 반대편으로 리도 섬. 해가 나서 물결이 모차르트처럼 반짝이는 날이면 1번 버스 종점인 리도 섬으로 가본다. 리도 섬은 베니스 영화제가 열리는 곳으로 유명한데 그래서인지 어딘지 멋이 있고 호사스러워 보인다. 집이나 콘도, 호텔들도 럭셔리하다. 아니면 레이스로 유명한 부라노 섬이나 유리공예로 유명한 무라노 섬으로 가본다. 잠깐 배 타고 나가는 것인데도 푸른 바다가 있고 수평선이 있고 갈매기가 날고 손바닥만 한 섬도 있다. 손바닥만 한 섬도 다 자기의 특산물을 자랑하고 자기의 스토리가 있다. 거의 폐허인 작은 섬들이 따로따로 떨어져 그렇게 살고 있다. 쓰러진 잡풀더미와 벽만 남은 집 한 채가 그렇게 서 있다. 섬은 너무 작아서 감출 것도 내보일 것도 없다.

"카도로! 카도로!"하고 외치는 여성 뱃사공의 힘찬 목소리가 나중에 참 그리워질 것 같다.

광장에서는 달콤 쌉쓰레한 레몬 사이다와 같은 여러 종류의 즉석 생과일주스를 팔고 있다. 색깔도 이쁘고 여러 가지 과일의 맛이 정말 멋지다. 레몬 사이다! 그 시디시고 상큼하고 달콤한 레몬 사이다의 맛이 다시 활력을 일깨운다.

◇

거지 신앙으로
성당 앞에서

　나는 거지 신앙인 것 같다. 기도를 할 때 '한 푼 줍쇼'의 신앙을 벗어나지 못한다. 가끔 성당 앞을 지나가다가 나도 어떤 성숙한 신앙에 도달하고 싶다는 숭고한 마음이 올라오는 것을 느낄 때가 있다. 티치아노의 제단화나 라파엘로의 그림을 바라볼 때가 그러하다. 내가 주님께 받을 것만 집요하게 요구하는 신앙이 아니라 내가 주님께 드릴 것을 생각하는 신앙이어야 하지 않겠는가. 나아드의 향유. 그러나 그것도 오만이라는 생각을 한다. 주님께서는 모든 것이 충분한 분이시기에 나에게서 받을 필요가 없는데 내가 드려야 한다고 생각하는 자체가 오만이 아닐까. 인간의 오만.

그런 생각. 그래도 주님도 받으신다. 나아드의 향유처럼. 돈으로 환산할 수 없는 그런 아름다운 것들을. 길가의 노숙자나 집시 여인에게 내가 동전 한 잎을 주면 그것을 받으시는 분은 주님이라고 하지 않는가. 그런 마음으로 오늘 카도로에서 구걸하는 집시 여인에게 가진 동전을 모두 주었다. 그라치에, 씨뇨라! 그런 말을 들었다. 그런 말을 들으면 괜히 부자가 된 기분이다. 이런 기분에 사람들은 기부를 하나 보다.

　번아웃을 떨치기 위해서 나도 걷는다. 심신의 고갈. 늘 후문 쪽에 있어야 할 어두운 마음의 저편이 정문 쪽으로 나와 영혼에 모래를 뿌리는 것. 모래 귀신은 눈에 모래를 뿌려 실명하게도 하고 모래를 뿌려 마음의 촛불도 끄고 심장을 소금과 모래로 문지르며 어두운 노래를 부르기도 한다. 그것이 번아웃의 이미지다. 나는 모래 귀신에게 심장을 빼앗기지 않으려고 이 먼 곳 베네치아 바닷가를 걷고 있는지도 모른다. 나의 소진한 맥박을 아드리아 해의 물결과 교체하여 심장을 수선하려고. 소녀시대의 걸음은 아니지만 내가 나의 시간의 주인이 되는 그런 발걸음을

생각해본다. 아다지오풍으로 걸어야 내가 시간의 주
인이 된다.

◇

고독의
세 가지 종류

고독에는 세 가지 고독이 있다는 생각이 든다.

첫째는 자연발생적인 고독. 인간이 삶을 살아가다 보면 시계에서 떨어지는 부스러기 같은 고독. 그런 고독은 살아가면서 어쩔 수 없이 생겨나는 실존의 조건이다. 누구나 그런 고독 속에 산다.

두 번째로 자발적 고독이 있다. 자발적 고독은 긍정적, 부정적 두 가지로 나눌 수 있다고 본다. 첫 번째는 긍정적 자발적 고독이다. 긍정적 자발적 고독은 혼자 있음의 풍요로움과 결실을 가져다준다. 아마 예술가나 학자의 고독이리라.

또 부정적 자발적 고독이다. 징벌적 고독이라고

부르자. 나르시시즘이 강하고 살아가면서 남들과 어울리지 않고 사람들을 거절하고 자기 자유만을 찾아 이기적으로 살아온 경우. 또아리를 틀고 앉아 있는 뱀처럼 이기적인 사람으로 젊은 시절을 살아온 경우 징벌로서의 고독이 반드시 찾아오는 날이 있다. 그런 징벌적 고독 속에서는 인생은 단조롭고 지루하게 흘러가기 마련이다. 원룸 안에서 라면이나 먹는 노년이 펼쳐진다. 메마르고 건조한 나날이 라면 부스러기처럼 바삭바삭 부서지고 흩어진다. 고독사란 이런 상황에서 발생할 수 있다.

세 번째로 비자발적 고독이 있다. 그것은 자기 공동체로부터의 소외나 추방, 무시당하기, 소위 왕따와 같은 것일 게다. 나는 위에 적은 여러 가지의 고독 중 몇 가지가 합쳐진 고독을 알고 있다. 그중 몇 가지를 나의 것으로 하며 고독에 대해서만은 불평 없이 살아가려고 한다.

고독 속에서 자신만의 춤을 추며 골방에서 정신 승리하는 사람들. 예술가들. 이런 예술이 남에게 무슨 의미가 있을까? 골방에서 정신 승리하는 예술을 현대는 거부한다. 골방에서 발원하여 지하에서 지하로 물길로 흘러가는 예술을 원하는 것 같다. 예술은 저 멀리 가는 물이 되기를 원한다. 또한 사실 예술은 우리가 알지 못하는 사이에 저 멀리 가는 물이다. 저 멀리 멀리 간다. 지하로 스며 흘러가기도 하고 하늘에서 구름으로 수증기로 퍼져 날아가기도 한다. 그래도 예술의 원래적 태생은 골방에서 정신 승리하는 사람들의 것이 아니겠는가. 정신으로 이기지 못하면 죽을 수밖에 없는 그런 고통과 시련이 인간의 숙명적 기반이기에. 아무튼 예술은 어디론가 저 멀리 간다. 토마토 씨앗이 바람에 흩어져 날아가듯이.

조토의
대형 십자가

집과 집 사이 물결이 흐르고 있다. 거리와 거리 사이 물결이 흐르고 있다. 수상택시, 수상버스, 그리고 곤돌라가 있다. 대운하가 있고 소운하가 있다. 물결이 흐른다. 꽃다발도 싣고 가면서 운명도 싣고 가는구나, 아모르 패티, 네 운명을 사랑하라, 운명은 한 번 왔다 갈 뿐.

칼레 데 롱고라는 골목길 안에 있는 저렴한 디스카운트 마트인 프릭스를 찾아가다가 동네 미술관에 '마이스터 조토 전시회'를 한다는 포스터를 보고 들어갔다. 전시물이 많지는 않았는데 조토의 그림은 성화 종류가 몇 장 걸려 있었다. 중세와 르네상스 시기의 인간의 성스러움과 존엄성의 공존을 그렸다는 평가를 받는 조토는 14세기 초반의 르네상스 화가이자 성당 벽화를 그린 최고의 거장이었다고 한다. 이번 이 박물관에서 가장 눈에 띄는 전시물은 금속으로 만들어진 대형 십자가. 십자가의 크기가 얼마나 큰지 사람 키의 몇 배가 되는 것 같으며 높은 천장까지 닿을락 말락. 그 크고 차가운 대형 금속 십자가가 연약한 사람의 등과 어깨에 닿았을 감촉을 생각하며 나는 생각지도 않게 몸을 떨었다. 우리를 위해 십자가를 지고 골고다 언덕을 넘어가신 그분. 그리고 어쩔 수 없이 자기 십자가를 지고 언덕을 올라가고 있는 우리들의 삶도. 파도바에 갔을 때 조토가 그린 벽화가 있는 성당을 찾아보지 못했는데 혹시라도 다시 파도바에 가면 스크로베니 소성당을 온통 장식하고 있다는 조토의 벽화를 찾아보고 싶다.

◇

자아 판타지는
필요한가

자아 판타지가 있다. 자유롭게 어느 이방의 나라
에서 릴케처럼 산책하고 글을 쓰며 낯선 공기를 마시
며 낯선 사람들을 만나고 낯선 바다의 공기를 폐 속에
불어넣고 새로운 자아를 찾는 그런 판타지. 번개 맞은
것처럼 번쩍 깨달음을 얻고 돈오돈수라고 할 때 돈오
頓悟처럼 단번에 깨닫는 것. 그렇게 새로운 사람이 될
까. 그렇게 새로운 사람이 된다면 인생은 너무 쉬울지
도 모른다. 인간은 기억의 단층에 서서도 끊어지지 않
는 기억의 풍금 소리에 괴로워하는 그런 자아 연속성이
끊어지지 않는 존재. 자아 판타지처럼 손에 잡히지 않
는 것. 손에 잡히지 않지만 나를 부르는 것. 지붕과 지붕 위로 다니는 바람처럼. 물길과 물길 속으로 다니는 물결처럼. 보이지도 않고 알 수 없는 것으로 이어지고 있지 않은가. 보이지 않는 것들이 존재한다는 것은 확실하다. 그것들이 나를 일으켜준다.

내가 달라지면 세상도 엄청나게 달라질 거야. 달라지면? 단절은 무엇인가? 지속은 무엇인가? 나는 무엇인가? 나는 기억이 단절이 되어야만 행복해지는 것인가? 기억은 너무나 죄와 실패로 오염되어 있기도 하다.

인생은
아름다워

 게토 거리를 걷다 보면 자연스레 떠오르는 영화가
있다. 「인생은 아름다워La Vita e Bella」라는 영화다. 「인
생은 아름다워」는 이탈리아의 명감독 로베르토 베니
니의 1997년도 영화다. 한 평범한 유대계 가정에도 나
치의 전쟁 폭력이 다가와 온 가족 모두 집단수용소로
끌려가는 일이 발생한다. 아빠 귀도 오레피체와 7살
된 아들과 엄마는 각각 다른 수용소로 헤어져 비참한
죄수 생활을 하게 되는데, 아빠는 엄마를 찾으며 우는
아들 조수아를 위해 희극적인 연극을 하며 슬픈 웃음
을 자아낸다. 수용소에서 모범적 생활을 해서 1000점
을 따면 그 상으로 나중에 멋진 탱크 위에 올려지게 된

다는 아빠의 말을 믿고 수용소의 규율을 잘 따르는 어린 조수아도 그것이 꼭 사실인 듯이 행동하는 그 아빠도 우스꽝스럽다. 우스꽝스러우면서 슬프다. 숭고하다. 숭고란 파멸이 확실한 상황에서도 그 상황에 몸을 던지는 장엄한 용기에서 나오는 것이다. 그 상상의 연극에서 드디어 조수아는 승리하게 된다. 결국 아빠는 처형장으로 끌려가고 그 뒤에 연합군이 드디어 도시로 입성하여 어린 조수아는 아빠의 예언대로 군인들의 환호 속에 탱크 위에 높이 들어 올려지게 된다.

그런 상상의 플롯을 품고 현실의 법칙 속에서 쓰라린 울음을 삼키며 살아가는 우리들도 마음속으로는 1000점을 따는 것을 꿈꾸고 있을지도 모른다. 언젠가 탱크 위로 높이 들어 올려지는 갈채와 환호의 시간을 꿈꾸는 것인지도 모르겠다. 그것이 헛된 일일 수도 있다. 헛된 일일지라도 소중한 것만은 사실이다. 하루하루 터널을 뚫고 가는 것처럼 고단하고 험난한 일상 속에서 그런 상상의 플롯이 있다는 그 사실 자체가 소중하다. 인생을 바꿀 수가 있는 것이다. 하늘 위에 그려진 거대한 무지개 같은 그 상상의 플롯이 나는 좋다. 1000점을 따는 날을 기다린다. 영화음악 '라 비타 에 벨라'!

상을 주시는 하나님!

오메가 포인트라는 것이 있다. 영혼이 임계점을 넘어 새로운 차원을 창조하는 지점이다. 진화의 최고 세계는 정신세계와 물질세계가 비로소 하나가 되는 것인데 그것은 인간만이 가능하다. 물질과 정신이 동전의 양면이 되는 것. 그것이 오메가 포인트다. 영화「인생은 아름다워」를 보고 난 후 나는 어느 오메가 포인트를 만난 것 같은 느낌이 들었다. 누구의 인생이나 들여다보면 상상의 프레임을 가지고 있다. 종교나 혹은 차원은 다르지만 이데올로기의 거대 담론이거나 정신의 구조와 같은 것이다. 제각기 다른 상상의 프레임이라고 해도 그 안에서 인간은 삶의 이유를 발견하고 이 고난의 삶을 치유하고 구원받을 수 있는 방법을 갈구한다. 1000점을 따서 어느 날엔가 면류관을 받을 날을 꿈꾸고 있다는 것. 그렇다. 그렇게 오메가 포인트가 왔다. 나치의 흉악한 범죄와 같은 부조리한 비극 속에서라도 인생이 아름다울 수 있는 이유. 희극으로 비극을 승화시키는 사랑이 있을 때 인생은 숭고해진다는 것이다. 더구나 인생의 비극을 결코 알려주고 싶지 않은 자기 아들의 눈앞에서 희극으로 비극을 감추면서 수용소의 참혹한 비극을 상賞 받는 상상의 플롯으로 전환시켜 희극을 놀이하고 있는 슬픈 아빠의 용기라니.

몇백 년 된 돌로 포장된 게토의 골목길엔 어디에 선가 귀도와 조수아가 장난스레 웃으며 불쑥 튀어나올 것 같고 그들의 노랫소리가 돌바닥을 울리며 공명하고 있는 것 같았다. 그 주제곡이 아련히 떠오른다. "삶이 아름다워서 우리는 슬픔을 잊을 수 있네/ 삶이 아름다워서 우리는 더욱더 밝은 날을 생각하네/ 막을 내리기 전에 당신이 해야 할 또 다른 놀이가 있지/ 삶은 그렇게 아름다운 거야". 이곳 게토의 사람들과 전 세계 게토의 사람들과 나의 가족과 친구들과 지인들과 다 함께 이 노래를 합창하고 싶다.

◇

유대인의 유랑과
바이올린

　아우슈비츠의 이야기 속에는 눈물과 함께 유머도 많이 들어 있다. 불세출의 바이올리니스트 아이작 스턴에게 한 기자가 물었다고 한다.

　"왜 위대한 유대인 음악가 중에는 바이올리니스트가 많을까요?"

　그러자 아이작 스턴은 대답했다.

　"바이올린은 들고 도망치기가 가장 쉽잖아요? 피아노를 들고 도망친다고 생각해보세요."

　늘 유랑을 다녀야 하는 유대인의 박해의 운명을 잘 보여주는 말이다. 많은 바이올리니스트들이 아우슈비츠로 끌려가면서도 다른 것은 두고 가도 꼭 바이올린은 가지고 갔다고 한다. 생존을 위해서. 극한의 공포와 비인간적 폭력 속에서도 음악은 그들을 위로했고 자신이 인간이라는 정체성을 일깨워주었으며 그리하여 함께 위로받았다고 한다. 예술은 그렇게 위대하다. 아우슈비츠를 뛰어넘을 정도로.

◇

(불)가능은
없다

20세기 젊은이들은 '하면 된다', '불가능은 없다'를 마음에 새기고 살았는데 이제 21세기의 젊은이들은 알아버렸다. 그것은 사회적 주술일 뿐이라고. 그것은 불가능이며 오히려 '가능은 없다'고. 부와 교육으로 만들어진 고착된 신분이라는 것이 그렇게 말로 희롱하고 넘어갈 수 있는 우스운 것이 아니라고. 게다가 그 부와 교육신분이란 것이 부모세대가 만들어준 불공정과 특권으로 이루어진 부도덕한 것이라면? 누가 그 가치를 수긍할 수 있겠는가? 아무리 노력해도 위치의 변동이 일어날 수가 없으니 '가능은 없다'라는 절망, 좌절감, 사회에 대한 원망, 자기 비하가 뼈를 좀먹는다. '가능이 없'으면? 아무것도 없다. 지푸라기도 뗏목도 없는 것이다. 자기 위치에서 작은 행복을 누리며 소소하게 사는 것도 원한이 가득 찬 우리 사회에서는 가능하지 않다. 자기 수양을 통해 원한의 독을 빼라고? 그럴듯한 불가능이다. 그래서 전에 뉴욕에서 occupy 운동이 일어난 것이다. 월 스트리트를 점령하라, 라는. 앞으로 전 세계에서 그 occupy 운동은 더 많이 일어날 것 같다.

보트가 새고 있다.
선장은 거짓말을 했다

배를 타려고 정류장에서 기다리고 있는데 대운하 건너편의 아름다운 건물 벽에 The Boat is Leaking, The Captain Lied. 라고 써진 큰 현수막이 펄럭거리고 있다. 아마도 어느 부자 귀족의 저택이었겠지. 아니면 궁전이거나. 지금은 전시관으로 쓰이고 있다. 지금 그 건물과 나 사이에는 대운하의 물결이 굽이치고 있다. 사람이 빠지기에는 큰 바다나 물결이 필요 없다. 아주 작은 웅덩이에서도 인간은 죽을 수 있고 물 한 방울로도 인간은 죽을 수 있다. 그래서 늘 물은 죽음의 위기를 환기시킨다. 그 건물 벽에 붙어 있는 The Boat is Leaking. The Captain Lied. 라는 말이 궁금하여 로마 광장 쪽으

로 배를 타고 가다가 거꾸로 돌아와 그 전시장으로 가
보았다. 배가 새고 있는데 왜 선장은 거짓말을 했을까?
배가 새고 있는데 선장이 거짓말을 하면? 혹시 그 선장
도 세월호의 선장 같은 사람? 전시장 내부는 기울어지
는 배처럼 꾸며놓았고 영상과 사진과 설치와 조명을
통하여 침몰하는 배의 감각을 극대화했다. 그 안에는
벽체가 뜯겨져 나가는 선박이나 쓰러지는 아파트 모습
의 사진이나 그림 등이 있어 다가올 파멸의 공포를 더
욱 생생하게 연출한다. 또 기도실도 있어서 관람객들
은 잠시 기도실의 의자에 앉아 이 침몰하는 배를 구원
해달라고 기도를 하기도 한다.

그로테스크하지만 매우 생생한 악몽의 전시였다.
현대예술을 보면 볼수록 떠오르는 것은 위기라는 악몽
의 단어이다. 어떤 거대한 종말을 앞두고 있는 것 같은
파멸의 위기 앞에서 우리는 어떻게 살아야 하는가? 그
전시는 그것을 전 지구적으로, 혹은 우리들 각자에게
개인적으로 묻는 듯했다. 베네치아는 예술의 최전선이
라는 느낌이다. 또한 지구의 기후 변화로 인한 파국의
위기의식을 가장 최전선에서 느끼고 있는 것 같다. 어
쩌면 이미 인류의 시계는 25시가 넘어버렸는지도 모르

겠다.

　　물 옆에 오래 서 있으면 어떤 위기, 죽음에의 유혹
이 우리를 잡아끄는 것 같다.

◇

삶과 죽음 이야기,
깨진 가슴 증후군

2014년에 죽음이 연달아 왔다. 3월 23일에 친정어머니가 소천하셨고 9월 24일에 남편이 소천하였다. 오랫동안 남편은 병석에 있었지만 그래도 막상 닥치고 보니 이것은 꿈이겠지 하는 망연자실한 생각이 들었다. 꼭 회복되어서 다시 플라톤 책도 읽고 철학 강의도 하고 재미있게 한번 살아볼 수 있으리라고 생각했었기 때문이다. 죽음이 한꺼번에 와서 애도는 생각지도 못했고 그해 나에게는 죄의식이 너무 많았고 내가 바로 주범이라는 자기학대와 우울증에 몹시 시달렸다. 너야, 너야, 바로 너야. 너 때문에 가족들이 사라진 거야. 네가 가족들을 죽이고 있는 거야. 너만 아니었더라면…… 그런 종류의 회한과 자학. 가족의 죽음 후에는 누구나 그런 생각을 한다고 한다.

시인 김종삼의 시집 『12음계』 중 「원정」이란 시가 떠오른다. "떡갈나무 잎사귀들의 언저리와 뿌롱드 빛깔의 과실들이 평탄하게 가득 차 있었다 / 몇 개째를 집어보아도 놓였던 자리가 / 썩어 있지 않으면 벌레가 먹고 있었다 / 그렇지 않은 것도 집기만 하면 썩어갔다 / 거기를 지킨다는 사람이 들어와 / 내가 하려던 말을 빼앗듯이 말했다 // 당신 아닌 사람이 집으면 그럴 리가 없다고" 바로 이 구절이다. "당신 아닌 사람이 집으면 그럴 리가 없다고". 그 말은 당신이 집었기에 과일들이 썩어간다는 것이었다. 당신이 에덴동산을 오염시키고 모든 썩는 것들을 만든다는 것이다. 허심虛心을 가진 김종삼 시인이건만 어두운 죄의식의 뿌리가 깊었다. 그래서인지도 모른다. 내가 집은 것마다 죽어가고 있는 것 같았다. 애도에는 마침표를 찍을 수가 없다. 아니 애도에는 마침표가 찍히지가 않는다. 영원히 마침표가 찍히지 않는 애도 앞에서 지상의 삶은 우울증 그 자체라고 할 수 있겠다.

찬란한 것을 보는 것이 괴로웠다. 해 뜨는 것도 싫

었다. 우울이 깊었다. 내가 중환자가 되어갔다. 그러면서도 학교는 꼬박꼬박 나갔다. 강의를 한 번도 빼먹은 적도 없다. 평소보다 한 옥타브 높게 명랑했다. 바야흐로 인격의 통합에 해리解離 증세가 생기기 시작한 것이다. 나는 나 자신을 정신분석하면서도 그대로 내버려두었다. 그러기에 앞으로 더 이상 시를 쓸 수 있으리라고는 생각지도 못했다. 나의 시는 2012년에 나온 시집 『희망이 외롭다』에서 끝나리라고 생각했다. 깨진 가슴 증후군이었다.

　어머니와 남편…… 다 나를 향해 무슨 말을 하는 것 같은데 무성영화처럼 소리가 끊어졌다. 소리가 없는 세계는 아프지가 않고 몽환적이었다. 중력이 없어서 우주복을 입은 것처럼 몸이 둥실둥실 떠올랐다. 무성영화 속의 환자 역할을 맡은 배우처럼 나는 한 움큼 약만 먹고 있었다. 희망은 더 외로웠다. 인생은 영화야, 나의 영화를 찍는 게 아니라 다만 남의 영화를 보는 거야. 이렇게 생각해보려고 해도 잘 안 되었다.

　다시 일어설 힘을 가지게 된 것은 2016년 봄과 여름이었다. 학교에 안식학기를 얻어 나는 머나먼 오하이

오 주의 작은 대학 도시에서 박사후 과정과 강사를 하고 있는 딸에게 가서 살고 있었다. 생전 처음 가본 곳인데 풍성한 대자연이 무척 아름답고 평안을 주었다. 강물이 흐르고 사슴이 강변에 올라와서 나와 나란히 앉아 하늘을 바라보고, 오리들이 출석을 부르듯이 소리치며 나를 쳐다볼 때, 오리들과 함께 앉아 일광욕을 할 때, 꽃들이 피어나고, 느릅나무 몸통에 매달린 애벌레들이 껍질을 찢고 솟아올라 매미가 되어 날아가려고 하다가 힘이 딸려 빠져 나오지 못하고 결국 껍질에 몸통이 걸려 땅에 떨어져 꿈틀거리고 있는 것도 보았다. 아, 거기, 백 년은 더 되었을 키 큰 느릅나무들이 많이 있었다. 모든 것은 돌고 돌고 있었다. 무성한 생명의 기운찬 순환이었다. 금세 매미들이 목청을 높여 울고 새들은 날고 꽃들은 더운 김을 뿜으며 어지럽게 만발했다. 밤이면 반딧불이 투명한 파란 불을 켜고 어깨 가까이까지 가득 올라왔다. 정화된 영혼으로 가득 찬 천국을 걸어가듯 무수한 파란 반디와 함께 반짝이는 강변 옆 산책길을 걸었다.

피아노의 검은 건반과 흰 건반이 번갈아 울리면서 현란한 생명의 음악을 변주하고 있는 것이었다. 그 당시 나는 바보처럼 자주 땅바닥에 막대기로 글씨를 쓰고 있었다. 타운하우스 관리 일을 하는 백인 아저씨가 파란 눈으로 나를 물끄러미 바라보았다. 땅바닥에 막대기로 글씨를 쓰고 있다가 붉은 장미로 가득 찬 장미정원을 바라보았다. 더 말하고 싶었지만 '꽃들의 제사'라는 말이 떠올랐다. 다음 시집의 제목이 될 말이었다. 우주가 꽃피어 오르는 것은 꽃들이 제사를 지내기 때문이다. 우리 모두의 제사. 꽃들, 저 꽃들이. 나는 땅바닥에 지팡이로 '꽃들의 제사'라고 크게 썼다. 오하이오에서 내가 본 것은 지상의 꽃들이 피는 것은 떠난 사람들에게 제사를 지내기 위함이라는 것이었다.

그렇게 된 것이다. 살고 죽는 것, 낳고 떠나는 것, 바람 속에 늘 있는 일이라는 것을.

◇

레테 강을 건너
므네모시네

우리가 죽으면 망각의 강, 레테 강을 건너야 한다고 희랍인들은 생각했다. 망각의 강물을 건너 저 세상으로 간다. 그런다고 기억이 사라지겠는가? 레테와 대립적 관계를 이루는 므네모시네. 그녀는 우라노스와 가이아의 딸로 티탄 신족에 속하며 기억의 여신이고 제우스와의 사이에서 아홉 명의 딸, 뮤즈를 낳았다. 그녀는 모든 뮤즈의 어머니이고 그래서 창조의 여신이다. 아무리 고통스러운 기억이라도 그 기억이 아주 무용한 것은 아니다. 자료에 의하면 저승에는 므네모시네의 이름을 딴 기억의 강이 흐르는데, 죽어서 저승에 간 망자가 환생할 때 레테 강물을 마시면 전생의 기억을 모두 잃지만, 므네모시네 강물을 마시면 전생의 기억이 되살아난다고 한다. 시인들은 므네모시네의 딸이어서 이승에서는 물론 내세에 가서도 이승의 기억을 기억하는 데서 도망칠 수 없겠다. 그래서 므네모시네의 딸 중 하나는 클레이오, 즉 역사의 영역을 담당하는 뮤즈다. 아픈 기억을 버리기 위하여 레테 강물을 엄청 마시고 싶은데 그래도 므네모시네는 아홉 딸을 지휘하여 우리의 모든 지적 활동의 영역을 관장한다. 즉 살아있는 한 우리는 기억에서 도망칠 수가 없다는 거다. 아픈 기억일수록 더욱 더.

가시나무새는
가시에 산다

르네 마그리트의 「므네모시네」라는 제목의 그림
이 있다. 바다를 배경으로 창 앞에 서 있는 여인을 그린
그림인데 이마에 빨간 선홍의 피를 흘리고 있다. 얼마
나 무섭고 얼마나 아름답던지. 그 그림을 처음 본 순간
을 잊지 못한다. 그래서 「므네모시네」라는 시를 썼고
그 시는 두 번째 시집 『왼손을 위한 협주곡』에 들어 있
다. 기억은 늘 이마에 피를 흘리고 있다. 이마가 쪼개진
폴 발레리의 석류의 피처럼. 쪼개진 석류 속에는 또 얼
마나 빨갛고 하얀 시디신 이빨들이 가득 차 있는가? 세
상에 완전히 깨끗한 이마는 없다. 천진무구한 어린아
이를 빼고는. 우울증 환자는 그 기억의 피에 강박되어

있는 사람이다. 석류의 그 시린 이빨들이 기억을 물어 뜯기 때문이다. 석류의 이빨 하나하나마다 소리를 지르고 아우성친다. 파열하는 것들은 모두 석류의 피를 흘린다. 피가 흐른다. 어떻게 그 아픈 기억의 사슬에서 벗어날 수 있을까. 기억에는 공휴일도 없는데.

  가시나무새는 자신을 찌르는 가시를 떠나지 못하고 가시나무에 산다. 둥지를 나와 편히 쉬지도 못하고 새끼들에게 먹이를 날라다주기 위해 가시와 가시 사이를 날아다닌다. 그러다가 일생에 한번 가장 슬픈 노래를 부르고 날카로운 가시나무 가시에 가슴을 찌르고 죽는다. 그래서 가시나무새는 가시나무새다. 사랑의 가시를 떠날 수가 없어서 사랑의 가시에 가슴을 찌르고 살다가 죽는다.

3부

'덩달아'의
행복론

◇

사랑의
아웃사이더

　누가 사랑이라는 주제로 강연이나 특강 같은 것을
해달라고 하면 나는 나 같은 사람이 사랑에 대해 말할
자격이 있는지 모르겠다는 말을 한다. 나는 약간은 아
웃사이더적인 태도를 지니고 살아왔기에 사랑이나 어
떤 관계에 몸을 던져서 헌신하는 일에 무력했던 것 같
다. 그런데 그런 태도에 큰 변화가 생긴 것은 흘러가는
세월이 준 변화이기도 하고 이런저런 생로병사의 괴로
움과 희로애락의 경험 때문인지도 모른다. 나이가 들
고 가족에게 피할 수 없는 병고病苦가 생기면서 그런 아
웃사이더적 태도가 부서졌다. 고통의 연혁이 내면을
달라지게 하는 것이다. 그리고 아웃사이더야말로 삶

을 가장 잘 사랑할 수 있다는 생각 자체가 얼마나 큰 오만이었는지를 깨닫게 되었다. 인생은 유한한데 사랑할 시간 자체를 사랑의 경계 바깥에서 물끄러미 바라보고 소비해버렸다는 그것보다 더 큰 오만과 죄는 없는 것 같다. 가족들이 세상을 떠나면서 나는 비통한 슬픔 속에서 인간으로서 용서받기 어려운 죄가 있다면 그것은 '사랑의 아웃사이더'일 것이다, 라는 깨달음을 얻었다. 그러나 그 깨달음은 늦은 깨달음이어서 칼 같은 상처가 가슴을 더욱 깊게 찌를 뿐이었다.

아웃사이더는 아마 진정한 사랑을 할 수 없을지도 모른다. 왜냐하면 사랑에는 무한한 책임과 헌신이 따르는 것이기 때문이다. 그리고 사랑의 책임과 헌신은 무거운 것이다. 아웃사이더에게는 그런 무거운 책임이 없다. 그/그녀는 바깥에 서 있는 사람이기 때문에 자유로울 수는 있으나 사랑의 무게를 잘 감당하는 사람은 아니다. 그런데 사랑이란 우리의 부분만을 요구하는 것이 아니라 우리의 모든 것을 요구한다. 사랑은 철저하게 그 사랑 안에 함께 있기를 요구한다. 사랑은 본질적으로 그 사랑 안에 인사이더가 되라고 명령한다. 사랑이란 한번 화려하게 치르는 이벤트가 아니고 지속성과 인내를 요구하는 것이기 때문이다. 그래서 사랑이란 사랑의 고통, 부담, 절망까지도 아우를 수 있어야 수행할 수 있는 하나의 무거운 십자가라는 것이다. 그래서 사랑에는 아웃사이더가 존재할 수 없다, 아웃사이더는 온전한 사랑을 할 수 없다…… 그런 생각을 하게 되었다. 사랑은 그 자체가 인in-을 요구하고 전체적 투신을 요구하는 것이기 때문에. 하이데거는 인간을 세계–내–존재라고 불렀는데 그 말을 바꿔보면 인간은 아마도 사랑–내–존재라고 해야 할 것이다.

만약 인생이 영원하다면, 아니 인생을 여러 번 살 수 있다면 '사랑의 아웃사이더' 같은 역설이 가능할지도 모른다. 그러나 인생은 유한하고 일회적이고 '다음은 없다'라는 비스와바 쉼보르스카의 말처럼 '다음'은 없다. 다음이 없기에 '지금–여기'의 충만함을 살아야 한다고 생각했을 때 온몸을 던져 사랑하지 않을 수 없다는 그 절대명제만이 오롯이 남는 것이다. "충분하다"라는 그 시인의 말은 자신의 유일성을 자각하고 온몸을 던져 한계상황 속에 결단하고 투신해본 사람만이 말할 수 있는 실존주의적 충만감의 발화일 것이다. 그런 꽉 찬 일회성의 찬미, 그 찬란한 선언 앞에서 대부분의 인간은 너무도 무력하고 허무한 상실감을 가질지도 모른다. 그 절망에서 진흙 묻은 몸을 일으켜 일어나 다시 생각해본다. 지상이 지상을 치유할 수 없고 상실을 상실로 치유할 수 없다는 외로움이 있다. 사랑에는 지상적 사랑이 있고 근원적 사랑이 있다. 이제 지상적 사랑에서의 실패와 결핍과 미완성을 근원적 사랑으로 치유하면서 남은 세월을 연옥에서처럼 살아가는 것. 그것을 사랑에 지각한 자의 슬픈 숙명이라고나 해두자.

그래서 나는 말하고 싶다. 당신의 사랑에 지각하지 말라.

시간은 지각하는 자를 기다려주지 않는다.

지각하는 자는 많은 것을, 혹은 자신의 모든 것을 잃어버릴 뿐이다. 눈앞에서 문이 쾅 닫히는 것을 쓰라리게 보게 될 것이다.

◇

모란이냐
작약이냐

    강원도 시골집에서 모란 한 그루를 키운 적이 있다. 모란은 무럭무럭 자라나 꿈결처럼 아름다운 꽃을 피웠다. 어느 날 그 모란꽃에 취해 마당에 앉아 있는데 앞마을에 사는 할머니가 옆집에 들렀다가 내가 있는 것을 보고 다가왔다. 나는 할머니에게 "할머니, 여기 좀 보세요. 저의 집 모란이 활짝 피었어요"라고 자랑스레 말했다. 할머니는 다가와서 그 꽃을 보더니 손을 막 휘저으며 "아이구, 이게 무슨 모란이야, 작약이구먼" 하신다. "아니 이게 모란이지 무슨 작약이에요?" 했더니 할머니는 "아니, 나무하고 풀하고 같아? 모란은 나무고 작약은 풀이잖아" 하신다. 아, 참 나는 그때 참 많이 상처를 받았다. 모란이 아니고 작약이구나. 그랬구나.

그런데 모란이냐 작약이냐가 무슨 소용인가. 작약 꽃이 그렇게도 아름다웠다는 것을 나는 잊지 않고 싶다. 모란은 모란이고 작약은 작약이다.

◇

비가 옵니다, 베네치아의
가을비가 온다고요

갑자기 비바람이 몰아치고 유리창에 후둑후둑 빗방울들이 굵게 부딪치고 제법 정취가 있습니다. 무슨 정취냐고요? 흐리고 회색인 날, 갑자기 우리를 동굴 속으로 끌고 들어가는 우울의 손이 있습니다. 그 동굴엔 아무도 들어올 수가 없고 '나'도 나갈 수가 없습니다. 그저 그 동굴 속에, 펄펄 끓는 냄비 속에 든 하얀 달걀처럼 가만히 들어앉아 있어야 합니다. 언젠가 영화에서 들었던 말이 귓가에 맴돕니다. "달걀을 얼마나 삶아야 할까요? 네?" "물이 펄펄 끓을 때부터 4분간." "네……" "4분간, 4분간"이라는 말이 왜 내내 내 귓가에 맴돌까요? 그런데 그 펄펄 끓는 물속에 앉아 있는 달

갈들이 잔잔한 미소를 짓고 있다고 느껴본 적은 없으신지요? 펄펄 끓다가 흰 껍질이 쩌억— 하고 갈라지고 거기서 순결하고 온화한 속살이 나오지요. 달걀 속살에선 은은한 달빛의 새로운 광채가 뿜어져 나옵니다. 먼 곳에서 오는 편지 같아요.

비 내리는 날이 나는 좋습니다. 이상하게 시원하면서도 또 어두운 뜨거움을 느낍니다. 집은 비바람 속을 힘들게 견디고 있습니다. 빨간색 지붕과 하얀 벽들이 빗물에 씻겨서 새롭게 보입니다. 비는 지붕 아래로 곡선을 그리며 주룩주룩 떨어집니다. 그러한 물의 움직임이 마음을 깊게 합니다. 유리창이 울먹이는 것 같습니다. 언젠가 이런 날이 있었던 것 같습니다. 비바람이 치는 날, 창가에 앉아 빗속에서 점점 불어나는 비를 바라보며 우울의 손이 어디 무서운 데로 나를 이끌고 가는 것을 느꼈던 날이 있었습니다. "비는 야간열차처럼 우리를 검은 거울 속으로 끌고 간다"— 그런 생각도 했어요.

어린 시절 비 오는 날이면 산천에 골목에 귀신이 나돌아 다닌다고 들어서일까요? 비 오는 날이면 해골 속에 든 물을 마셨다던 원효도 생각나고요, 비 오는 날

은 중음中陰이라는 것을 강하게 느낍니다. 이승도 아니고 저승도 아닌 어느 회색의 공간. 그런 날은 내가 항시 그렇게도 강하게 느끼던 '중력'이라는 것이 힘을 발휘하지 못하지요. 비는 '중음'이니까요. 젖은 회색의…… 미결정의…… 허공중의 시간…… 그런 날은 죽음 충동과 삶 충동의 기묘한 혼합을 느낍니다.

전에, 아주 옛날에, 비 내리는 날, 검은 커피를 가득 따라둔 큰 머그잔이 해골처럼 보였던 때도 있었습니다. 햇빛 비치는 날엔 컵이 가만히 있다가 비가 내리니까 해골로 변하여 눈앞에 자기정체성을 드러내며 나타난 것이지요. 아, 바니타스. 아마도 그렇겠지요. 빗속에서 모든 것은 살바도르 달리의 시계가 녹는 장면처럼 변합니다. 비가 내리면 나는 전신이 눈眼 하나로 변하는 것 같아요. 팔 다리에 힘이 하나도 없이 그저 보고만 있습니다. 무엇을요? 빗속에 흘러내리는 시간을요, 하늘을, 이웃집을, 지붕을, 벽을, 시간을, 그리고 당신을요. 비 내리는 날이면 가장 많이 바라보게 되는 것은 시간이지요. 시간요. 네? 시간을 무슨 수로 바라보냐고요?

◇

물 이야기,
어두운 무의식의 극장

　　물의 도시인 베네치아에서 물 곁에 오래 서 있게
될 때마다 나는 이상하게도 물속에 빠진 여자들의 환
영을 느낀다. 왜 그럴까? 나에게 물의 콤플렉스가 있나
보다. 먼저 오필리아, 그리고 이옥봉 시인 등의 목소리,
비탄 같은 것이 오롯이 청각에 들어와 맴돌게 된다.

　　햄릿의 연인인 오필리아. 오빠의 죽음에 실성하고
햄릿의 광기에 절망하여 제정신을 잃고 들판을 헤매다
물에 빠져 죽은 여자. 그 극적인 여인은 수많은 화가와
시인들의 환상적인 소재가 되어왔다. 1998년 어느 가
을, 나는 어느 책방의 한구석에서 한 아름다운 화집을
열심히 들여다보고 있었다. 책 제목은 지금 생각나지

않지만 책 전체가 물속의 오필리아를 그린 그림을 모아놓은 책이었는데 존 에버릿 밀레이의 「살아 있는 오필리아」, 들라크루아의 「오필리아의 죽음」 등이 특히 기억에 남는다.

제목 그대로 밀레이 그림 속의 오필리아는 '살아 있는' 듯 보인다. 물 자체가 자연스런 관처럼 편안하게 보이는데 물결에 누워 있는 그녀의 두 눈동자는 온순하게 열려져 있고 살아 있는 것처럼 붉게 보이는 그녀의 입술은 무언가를 지금 말하려는 듯 봉긋 열려져 있다. 오른손에 빨갛고 하얀 들꽃 몇 송이를 쥐고 있는데 그 들꽃과 같은 빨간 꽃송이가 오른쪽 가슴께와 왼쪽 강물 위에 흩어져 있다. 모든 것들은 조용히 고여 있는 정적인 느낌이었고 그녀의 미세한 피부와 눈동자와 입술만이 살아 있는 생동감을 가지고 지금 무언가를 보고 있고 지금 무언가를 말하려고 하는 것 같았다.

나는 뭐 지금 죽은 여인인 오필리아에 대한 응시의 정치학이니 남성 시각의 로고스 중심주의, 남성적 응시의 욕망과 지배 욕구 등에 대해서 말하고 싶은 생각은 없다. 다만 밀레이의 「살아 있는 오필리아」는 그녀 스스로 무언가를 말하고자 하는 생생한 욕망을 보여주

고 있으나 말하지 못하고 죽음 안에 순간적으로 응고
되어가는 그 순간의 여자를 잘 표현해주고 있다는 말
을 하고 싶다. 밀레이의 「살아 있는 오필리아」를 보면
서 나는 물속에서 피어난 모든 꽃들은 모두 '물속의 그
녀들'의 독백이 꽃피운다는 생각을 하게 되었다.

　물속의 그녀들. 옛날이야기 속의 심청이나 장화
홍련, 이옥봉 시인, 한국 최초의 성악가이자 「사의 찬
미」의 윤심덕, 영화 「피아노」의 벙어리 아다 등 많은 이
름들이 떠오른다. 물은 모성적 기능을 가지고 있다. 심
지어 죽음의 물조차도 생명의 싹을 틔울 수 있기에 "죽
은 자는 다시 태어나기 위해 어머니에게로 되돌려졌다
고 상상할 수도 있는 것"(융)이다. 융이 또 말한 것처럼
"인간의 욕망이란 죽음의 어두운 물이 삶의 물이 되는
것, 죽음의 차디찬 포옹이 어머니의 포옹이 되는 것, 나
아가서 바다가 태양을 잠기게 하지만 다시 그 깊이에
서 탄생되는 그러한 것"이다.

　물속의 죽음은 물속에 끊어지지 않는 꿈을 남기고
그 꿈은 하염없이 중얼거리며 영원히 물결치며 우리의
무의식 속으로 되돌아온다. 오필리아의 죽음 이후 '살
아 있는 오필리아'가 몸을 일으켜 시를 쓰기 시작한다.

그렇게 그녀는 남성 예술가에게는 예술적 대상이 되고 여성–예술가에게는 노래하는 힘의 원천이 되었다. 그래서 여성 시인의 노래에는 그토록 많은 죽음 충동, 그토록 많은 귀수 본능歸水本能, 그토록 많은 침몰의 환상이 들어 있는지도 모른다.

　　시인 이옥봉은 한국문학 속의 오필리아다. 오필리아는 오랫동안 남성 예술가들의 미적 대상으로서 서구 예술 속에 불멸의 자리를 가지게 되었지만 우리나라 '여성' 시인 이옥봉은 삶과 죽음을 스스로 결단하고 행위한 주체적 존재였다. 사랑에 실패한 버림받은 소실로서 물속에 몸을 던졌다가 '시인으로' 물속에서 다시 태어났기에 더욱 소중하고 더욱 아름답다.

　　옥봉은 조원의 소실로 들어가면서 다시는 시를 쓰지 않기로 서약했으나 결국 시 쓰기를 그만두지 못하여 조원으로부터 내침을 당하고 시를 쓴 종이로 겹겹 온몸을 묶고 죽음의 바다로 뛰어들고 말았다. 그녀가 처한 상황 안에서 결국 시인으로 살기 위한 유일한, 비극적 실천이었다고 할까. 온몸을 겹겹 시를 쓴 종이로 감싸고 물에 빠져 죽을 수밖에 없었던 옥봉은 죽은 후 중국 땅으로 시신이 흘러가서 신기하게도 '시집을 가진 시인'으로 엄연히 부활하게 된다. 물속의 죽음은 그녀에게 수몰이자 해방이었고 죽음이자 탄생, 망각이자 부활이었던 것이다. 그리하여 그녀는 장차 현대 한국에 나타날, 물에 빠져 살다 물을 먹고 괴로워하며 물속에서 생존의 시를 쓸, 모든 한국 여성 시인들의 원형이자 불멸의 '언니'가 되었다. 조금 이야기는 다르지만 연인 김우진과 함께 현해탄 (대한해협)에 빠져 죽은 한국 최초의 소프라노 윤심덕이나 지리산을 등반하다 실족하여 뱀사골에서 생을 마감한 시인 고정희를 기억할 수 있다. 치열했던 고정희 시인, 그녀가 남긴 뜨거운 말들은 뱀사골 계곡 물에 떨어진 붉은 철쭉 꽃잎이 되어 영원히 영화처럼 흐르고 있을 거다.

산타루치아 기차역 앞의 스칼치 다리와 피콜로 성당의 모습

◇

물을 먹고 사는
여자들 이야기

'물 먹는다'는 것은 존재론적으로나 생물학적으로 고갈을 해소하는 생명적인 일인데 그 코드를 약간 사회학적으로 바꾸면 고통이자 괴롭힘, 소외, 시련, 배제 같은 의미가 되기도 한다. '나 요즘 물 먹고 있어'라고 할 때 '물 먹는다'는 것은 괴롭힘, 고난, 학대 같은 것으로 연결되기 때문이다. 코드란 그렇게 무섭다.

육지에 그럴듯한 견고한 무엇을 지녔다고 생각하고 비교적 안전하게 살던 사람이 갑자기 물속으로 침몰, 수몰되는 경우가 얼마나 많은가. 땅이 갈라지고 시퍼런 바닷물 속으로 온몸이 떨어진다. 거푸거푸 물을 먹고 푸푸거리면서 간신히 모가지만 내놓고 허우적거

릴 때 자신이 삶이라고 생각했던 '안전한 육지'라는 것이 얼마나 허망한 불가능인가를 충격적으로 깨닫게 되고 '물을 먹는 것'이 실존의 조건이라는 것을 보게 되고 다시 물 밑으로 가라앉아 들어가면서 세상이 얼마나 위험한 아름다움으로 꽉 차 있는가를 깨닫게 되는 것이다. 나도 그런 위험한 지점에 대해, 수몰한 이후에도 어떻게든 다시 떠올라 살아야 한다는 그 가혹한 명제와 조건에 대해 괴로워해본 적이 있다.

침몰과 수몰과 익사를 겪으면서도 그 파도 속에서도 살아야 한다는 명제를 껴안고 있는 여인들. 영화 「블루」의 주인공 여자와 「피아노」의 주인공 벙어리 아다와…… 또한 이름은 없지만, 생존의 늪에 허우적대며 그래도 살아야 한다고 허우적대는 무수한 어머니라는 여인들. 그런 여성들이 이옥봉과 오필리아와 윤심덕과 고정희와 힘을 합하여 현대 여성들의 삶에 운명적으로 개입한다. 한 여성이 갑자기 침몰당한 물속에서 '향일성을 가지고' 살아낸다는 것은 혼자 하는 일이 아니라 이 모든 여성들과의 협동이다. 신과의 동업이다.

또한 오필리아가 손에 쥐고 있었던 하얗고 붉은 들

꽃 몇 송이와 그녀의 몸 곁에 흩어져 있던 그 들꽃들, 물에 피어나는 꽃들은 누가 꽃피우나? 심청이가 용궁에서 그리운 어머니를 만나 자신이 전생 선녀였다는 존귀함을 확인하고 환생하여 황후로 돌아올 때 타고 온 궁중의 연꽃 같은 물 위의 꽃들은 누가 꽃피우나?

　수련은, 아니 수생 식물의 꽃들은 모두 물속에 빠진 여자들의 노래가 꽃피우는 것이다. 이런 수련은 바슐라르가 아침 햇살 아래 잠이 덜 깬 관능의 아름다운 빛의 백조라고 찬미했던 클로드 모네의 「수련」과는 얼마나 다른가? 캄캄한 물속에서 추운 발목을 벌벌 떨며 '꿈의 발진티푸스'를 앓으면서 기를 쓰고 솟구치면서 물속에 있는 꽃들은 빛을 향해 자란다. 향일성의 숙명을 지닌다. '빛이 있을 동안 걸어가라'고 하신 말씀 그대로 캄캄하고 무서운 물속에서도 빛의 씨앗들을 투명한 꽃잎의 보따리에 싸놓아야 한다. 그리고 수면 밖으로 목을 내밀어 빛의 원천인 하늘을 향해 '꿈의 발진티푸스'를 뻗치면서 빛의 씨앗을 싼 꽃잎 보따리들을 하늘 높이 높이 들어 올려야 하는 것이다. 물속의 꽃들의 봉헌이다.

물속에는 물에서 죽은 여자, 물을 먹고 사는 여자, 물속에서 떠오르는 여자들의 모든 노래와 꿈과 절망과 추위와 가혹한 고통과 환희와 유장한 기다림이 들어 있다. 잠시 환각처럼 베네치아 물결 속에서 오필리아나 이옥봉, 윤심덕, 고정희와 같은 여성들의 목소리가 들려오는 것 같다. 물 옆에 오래 서 있으면 그 여자들의 노랫소리가 나를 잡아당기는 것도 같다. 물의 도시 베네치아는 이럴 때 어두운 무의식의 극장이 된다.

◇

물의 영화 「시」를 생각하며
– 배우 윤정희와 양미자

물의 영화 「시」는 대중적인 영화라기보다는 좀 실험적이면서 문제적인 영화였다. 영상과 영상 사이의 여백이 펼치는 사유의 공간에서 관객들은 좀 길을 잃게 되는 그런 의혹의 텍스트였다. 어떤 텍스트는 질문을 하지 않고 답을 주는데 또 어떤 텍스트는 답을 주지 않고 질문을 준다. 질문을 주는 여백의 텍스트를 우리는 열린 텍스트라고 부른다. 영화 「시」는 굳이 따진다면 의혹을 남기는 열린 텍스트, 롤랑 바르트의 말로 '쓸 수 있는 텍스트'(scriptible text)라고 할 수 있다. 즉 그 영화를 본 관객 하나하나가 다 자기만의 '시'를 다시 찍게 되는 그런 텍스트라는 것이다.

영화의 무대는 물의 도시인 양평이다. 강물이 맑고도 풍부하게 흘러가는 서울 근교의 임대아파트에서 간병인 일을 하며 외손자와 함께 살아가는 초라한 노년의 양미자. 영화배우 윤정희(본명: 손미자)가 양미자를 열연했다. 그녀는 시골 간병인 여인에는 어울리지 않게도 꽃무늬가 그려진 화사한 옷과 레이스 모자를 쓰고 다니고 높은 목소리로 말하고 있지만 사실은 가난과 절망뿐인 메마른 노년을 견디고 있는 중이다. 강물 위에 어린 소녀의 시체가 흘러오던 그 시간. 양미자는 병원에서 실어증 증세를 의사에게 이야기하며 알츠하이머 추정 진단을 받는다. 병원을 나온 그녀는 동네 문화센터를 지나가다가 시 창작반에 등록을 하게 되고 누군가와 전화 통화를 하면서 "사람들이 내가 꽃을 좋아하고 이상한 말을 잘한다고 나를 시인 같다고 한다"고 말하며 웃고 있다. 그녀의 목소리는 조금 높으며 매우 불안한 히스테리의 톤으로 부서질 듯 불안정적이어서 가부장적 분위기 안에서의 여성성의 연약함과 불안함을 보여준다. 그녀는 자신이 속한 세계에서 배제된 사람, 권력이 되는 것과는 아무 연관이 없는 세상 바깥의 사람, 잉여의 존재다. 그래도 일상에서는 매우 철저한 모습을 보이는데 끼니를 꼭 챙겨 손자를 먹이고 중풍에 걸린 돈 많은 노인을 성실하게 간병한다. 그녀는 그저 그런 삶을 이어가는 변두리적 인 존재로서 자신이 저지르지 않은 세계의 죄악에 대해서 특별하게도 윤리적일 필요는 없는 사람이다. 높은 톤으로 유난히 자주 웃는 그녀의 웃음소리는 자신을 방어할 힘이 아무것도 없는 무력한 잉여적 여성성의 무의식적 저항이나 허약한 가면 같아 보인다.

알츠하이머 진단을 받은 그녀는 그래도 시 창작 교실에 꼬박꼬박 나가면서 갑자기 사물을 하나하나 새롭게 보고 기록하고자 수첩을 가지고 다니며 거기에 하나하나 떠오르는 말을 새겨놓으려고 한다. 맨드라미의 꽃말이 방패라고 말하는 그녀는 제법 시적이기도 하다. 식탁에 앉아 밤새워 시를 써보려고 하지만 그녀의 뮤즈는 다가오지 않는다. 외손자와 그 친구들이 소녀의 자살에 연관이 있다는 것을 알게 된 후에도 그녀는 소리 높여 손자를 꾸짖거나 그러지도 않는다. 다만 먹고 먹이는 일상을 살아갈 뿐이다. 죽은 소녀의 위령 미사가 있다는 것을 우연히 알게 된 후 성당에 들러 그 소녀, 아네스의 사진을 훔쳐 와서 식탁 앞에 두고 손자의 반성을 기다려보지만 어린 소년은 속죄라든가 그런 것에는 아무 관심도 없다. 다만 오락실에서 게임하기를 즐기는 어린 소년일 뿐이다. 학부모들이 모여 피해자 소녀의 부모에게 위로금을 만들어주고 사건을 덮어버리려고 할 때 돈이 없는 그녀는 결국 자신이 간병하는 노인에게 성을 팔아 500만 원을 마련하여 손자의 죄를 슬픈 돈으로 덮어준다. 소녀의 자살 사건은 그렇게 끝난다. 그럼에도 그녀는 손자를 고발하여 경찰차가 와서 손자를 실어가게 만들고 다음 날 햇빛 찬란한 강물 위에 모자를 남기고 사라진다. 강물 속에 몸을 던진 소녀 아네스처럼 그녀도 강물 속으로 사라진 것이다.

그녀는 한 아름의 꽃다발과 함께 한 편의 시를 시창작 교실 선생님께 남기고 사라졌다. 그 시가 「아네스의 시」다.

그곳은 어떤가요 얼마나 적막하나요
저녁이면 여전히 노을이 지고
숲으로 가는 새들의 노랫소리 들리나요
차마 부치지 못한 편지 당신이 받아볼 수 있나요
하지 못한 고백 전할 수 있나요

시간은 흐르고 장미는 시들까요

이제 작별을 할 시간

머물고 가는 바람처럼 그림자처럼

오지 않던 약속도 끝내 비밀이었던 사랑도

서러운 내 발목에 입 맞추는 풀잎 하나

나를 따라온 작은 발자국에게도

작별을 할 시간

(⋯⋯)

나는 당신을 축복합니다

검은 강물을 건너기 전에 내 영혼의 마지막 숨을 다해

나는 꿈꾸기 시작합니다

어느 햇빛 맑은 아침 깨어나 부신 눈으로

머리맡에 선 당신을 만날 수 있기를

-양미자의 「아네스의 시」 부분

이 시가 낭송되는 동안 양미자의 목소리가 어느 순간 아네스의 목소리로 바뀌고 두 여성의 꿈과 슬픔과 기도가 결국 하나의 여성으로 합쳐지게 된다. 이때 작은 도시에서 메마른 불모의 삶을 견디며 잉여의 비참한 존재로 살아가며 알츠하이머에 의해 급기야 기억과 의식이 지워질 운명의 벼랑 앞에 선 양미자의 꿈과 슬픔이 소녀 아네스에게 바치는 헌화獻花가 되면서 그녀의 운명은 하나의 헌신과 속죄의 영광에 이르게 된다. 정말 아무리 생각해봐도 양미자는 손자가 저지른 성폭력 피해자를 위해 목숨을 던져야 할 만큼 윤리적인 사람일 필요는 없었다. 손자의 죗값으로 내야 할 돈을 얻기 위해 몸을 파는 일까지 했던 그녀였다. 아무도 그녀에게 손자의 죗값을 대신 치르라고, 돈이 아니라 온몸으로 속죄하라고 희생을 요구할 수는 없었다. 그건 당치 않은 일이기도 했다. 그런 위대성이 이전의 그녀의 삶에서 보이지가 않았기 때문이다. 그러나 그녀는 했다. 그녀의 시poetry가 그녀를 그렇게 만들었다. 그녀가 처음이자 마지막으로 쓴 작품 「아네스의 시」는 그녀의 '행위 시'라고 해야 할 것이다.

결국 이 영화는 치유에 관한 이야기라는 것, 어떤

치유는, 아니 애도는 몸을 던져야 이루어진다는 것, 진정한 애도는 그 / 그녀와 한 몸이 되어 동일시되어야만 이룰 수 있다는 것, 미자 / 아네스가 미자=아네스가 되고 삶과 죽음을 가르는 다리 위에서 하나의 목소리를 가지게 될 때에만 하나의 애도는 이루어진다는 것, 애도란 참 그렇게 어려운 일이라는 것, 프로이트식 애도의 문법은 상실된 타자 그 자체와는 무관하게도 결국은 산 자의 자기생존의 문법이라는 것, 결국 프로이트식 애도는 나르시시즘에 근거한 자기-보존의 이야기라는 것…… 등등이 떠올랐다. 그럼 이 영화 「시」는 프로이트식 애도와는 다른 이야기를 하고 있는 것이고 몸과 영혼을 던지지 않는다면 애도나 치유는 불가능하다는 그 불가능성에 관한 이야기였다.

그 영화가 남기는 질문은 시인이라면 누구나 수십 번, 아니 수백 번은 더 물어보았을 '시란 무엇인가?'라는 질문이다. 정말 시란 무엇인가? 이 영화에서 시란 잃어버린 자기를 찾아가는 하나의 치유의 과정이자 기억하기와 애도하기의 숭고함에 도달하는 윤리적 행위라고 할 수 있다. 양미자를 연기했던 배우 윤정희의 명품 연기가 그 영화에 높은 철학적 경지를 부여했다.

언젠가 배우 윤정희 선생님 부부와 저녁식사를 함께 한 적이 있다. 파리에서 시 낭독이 끝나고 당시 '동아일보' 파리 특파원이던 김기만 선생의 집에 저녁식사 초대를 받아서 갔을 때였다. 윤정희 백건우 부부는 각기 자기 예술분야의 거장들답지 않게 매우 소박하고도 겸손해 보였다. 서로 살갑게 아껴주는 모습이 천생연분이라는 말이 금방 떠오를 정도로 따뜻했다. "파리에서 우리는 차가 없어요"라고 말하며 방향이 같으니 택시를 함께 타고 가자고 했다. 나는 본의 아니게 두 거장과 택시를 함께 타게 되었는데 가는 길에 두 분은 파리의 이모저모에 대해 다정한 설명을 해주었다. 내가 묵는 호텔 앞에서 택시를 내려주고는 내가 호텔 안으로 잘 들어가나, 하고 조심스레 차창 밖을 내다보던 세심한 눈길이 잊히지 않는다. 그렇게 전설적인 명성을 가진 분들이 어떻게 저렇게 소탈하고 겸손할 수 있을까. 또한 서로에게 매우 정성스럽게 대하는 것을 보고 나는 그들의 명성이 각기 자신의 예술에 바쳐진 지극한 정성 때문에 만들어졌을지도 모른다고 생각했다. 하나에 정성스러운 사람은 다른 것에도 지극하게 정성스러울 것이기 때문이다.

◇

산타 마리아 델라 살루테 성당에서
페스트를 생각하다

　어쩌다가 하필이면 비가 오는 날 산타 마리아 델라 살루테 성당 구경을 가기로 했을까? 1번 버스를 타고 다니며 무수히 카메라의 셔터를 누른 장면이었고 늘 사람으로 붐비고 있어서 막상 내리지는 않았던 곳인데 어쩌다가 오늘 비 내리는데 그곳을 가기로 했는지 모르겠다. 산 마르코 광장 쪽에서 보면 마치 물 위에 떠 있는 듯한 모습의 아름다운 성당. 1번 버스의 살루테 역에서 내려 성당 앞에서 친구를 기다리느라 서 있었다. 발밑에서 물결치는 소리가 철썩철썩 상당히 강하게 들려왔다. 여기가 대운하와 산 마르코 만이 교차하는 지점이라 지중해의 물결이 들어와서인지 물결 소리는 대운하 물결보다 센 바다 물결 소리에 가깝다고 느꼈다. 비가 내려서인지 평소에 운하를 누비고 있던 곤돌라들이 별로 눈에 뜨지 않았다. 비 오는 날 검은 색 곤돌라가 금빛 황금사자상을 싣고 가는 모습을 본다면 더욱 정취가 있으리라. 산 마르코 광장 쪽에서 성당 쪽을 바라본 적은 많았지만 막상 살루테 성당 앞에 내리기는 처음이었다. 맨 처음 베네치아에 와서 배를 타고 지나가며 이 성당을 처음 바라보았을 때의 느낌은 숨이 끊어지는 듯한 경이로움, 바로 그 자체였다. 경이로움이란 단어는 바로 이 풍경으로 인해 만들어진 듯하다고 나는 감격에 차서 확신했다. 웅장하고도 섬세했다. 약간 푸른색이 도는 건물에선 신비와 성스러움이 감돌고 있었고 무엇보다 그 아름다움은 처절했다. 왜 유독 아름다운 것에는 처절함이 섞여 있는지 나는 알 듯도 하고 모를 듯도 했다. 마치 소설가 한강의 문장처럼 아름다움 속에 들어 있는 처절함은 우리의 영혼을 잡아당기고 아프게 한다. 아름다움이란 것은 왜 그렇게 아픈 것인지 모른다.

그보다 더 절경은 아카데미아 다리 위에서 새벽에 이 성당 쪽을 바라보면 붉은 아침노을이 검은 바닷물 위로 번지고 시뻘건 아침노을을 걷고 장엄하게 해가 떠오르는 그 일출 풍경이라고 했다. 경이로움이란 단어를 뛰어넘은 더 큰 경이가 그 풍경 속에는 있다고 했다. 나는 아카데미아 다리 위에서의 일출은 보지 못하고 리알토 다리 위에서 일출을 바라본 적은 있다. 그 신성한 새벽에도 다리 위에는 남녀노소 사람들이 흘러넘쳐서 그 분주함 가운데서 화려한 일출 풍경만 보았고 장엄한 일출의 숨결은 잡아보지 못했다. 일출 풍경을 보면서 시몬느 베이유의 『중력과 은총』이란 책이 떠올랐다. 그녀는 말했다. 침몰하고 있는 비참한 동물인 인간은 중력에 사로잡혀 한없이 아래로 끌어내려지고 있는데 은총이라는 신의 초자연적인 빛이 와서 인간 존재를 구원하는 것이라고. 인간은 오직 초자연의 빛인 신의 은총에 의해서만 구원받는 것이라고. 대학교 때 읽은 책인데도 그 구절은 너무나도 선명했다. 일몰은 중력을 따르는 것이고 일출은 신의 은총에 따르는 빛의 방향으로 간다.

살루테 성당은 바로크풍의 건물이라는데 두 개의 돔 지붕을 이고 있는 하얀 석조건물이 두 개, 그리고 후

면에 종탑이 있다. 성당의 외벽에는 수많은 성인들의 동상이 여기저기 조각되어 있어 경건함과 생동감을 더한다. 마침 친구가 배에서 내려서 우리는 우산을 쓰고 여기저기 건축의 외벽을 감상했다. 1630년 무렵에 베네치아엔 페스트가 창궐하여 베네치아 시 인구의 3분의 1이 죽음을 당했다고 한다. 쥐 떼들이 몰려다니고 대운하, 소운하의 물결에서 죽음이 올라오고 드러난 뼈에서는 검은 물이 줄줄 흘렀다. 많은 사람들이 죽어갔다. 배 안에서 운하에서 선착장에서 광장에서 골목에서 일터에서 집에서 사람이 죽고 당시 4만 7000명의 사람들이 죽고 지상에는 땅이 부족하여 묘지가 없고 몸부림치는 기도는 하늘을 비켜가고 사람들은 땅바닥을 치며 오직 신을 불렀다. 오랜 후에 흑사병이 멈추었다.

1631년 베네치아 의회는 만약 페스트를 물리쳐주신다면 성모 마리아님께 세상에서 가장 아름다운 성당을 지어서 바치겠다고 서약했다. 그 서약에 따라 페스트가 물러간 후 성모에 대한 감사의 표시로 팔각형 기단 위에 하늘색 돔, 약간 푸른빛이 감도는 석조로 산타마리아 살루테 성당을 지었다. 외벽에 사도들과 성인 석상을 아로새겼고 그 돌을새김은 하늘로 둥실둥실 병

든 지상을 들고 지금도 하늘로 떠오르고 있는 것 같은 아슬한 느낌이다. 1682년에야 성당은 완성되었다. 온통 감사와 찬양으로 지어진 건물이었고 그래서 그 아름다움에는 유독 죽음을 통과하는 처절함이 스며들어 있는 듯하다. 가족들이 친구들이 이웃들이 페스트로 죽어 나가는 위기와 파국의 시간에 오직 두 손을 모으고 처절하게 기도했던 인간의 푸르른 비원悲願이 눈물방울과도 같이 그 대리석 살결 속에 스며 들어갔던 것이다. 세상에, 돌의 살결 속까지 스며 들어간 비원의 비장한 힘이라니! 그것은 오직 절망할 줄 아는 인간만이, 오직 인간만이 할 수 있는 강렬한 소망의 기적이다.

친구와 나는 조심조심 성당의 내부로 들어갔다. 성모 마리아님께 바치겠다는 약속 그대로 살루테 성당의 내부는 어느 곳이나 성모의 몸으로 상징화시켜 놓았다고 들었기 때문이다. 돔은 성모 마리아의 왕관이요 실내는 성모의 자궁이라고 한다. 제단의 가운데에는 성모 마리아와 아기 예수의 조각상이 있어 평화와 구원의 밝은 느낌이 잔잔하게 풍겼다. 팔각형 구조의 내부에는 성모 마리아의 일생을 그린 유화가 있고,

지오다노의 「성모 마리아의 현현顯現」, 「성모 마리아의 승천」이라는 그림도 있었다. 손이 닳도록 구원을 빌었던 인간의 손이 느껴졌다. 꿈틀거리는 기도의 손이었다. 그 처절함은 눈물을 뛰어넘었고 그 숭고함은 비참을 뛰어넘었다. 천사들과 성인들의 상이 함께 서 있고 티치아노의 「성령의 강림」과 그의 제자 틴토레토의 그림도 보았다. 「성령의 강림」 아래에는 큰 천사들과 아기천사들의 대리석상이 성령의 강림을 찬미하고 기뻐하는데 천사들의 육체가 너무도 생생해서 마치 실제로 살아 있는 듯했다. 틴토레토와 티치아노는 베네치아 학파의 유명한 화가들이고 아카데미아 미술관에는 그들의 흔적이 보관되어 있다고 한다. 아카데미아 미술관은 당시에 공사 중이어서 들어가보지 못했다.

비는 어느새 그쳐 있었다. 비 온 후의 공기와 물 내음이 한결 상쾌했다. 성당을 나와 살루테 역 앞에서 배를 기다리며 이런 생각을 해보았다. 여기 이 살루테 교회 앞 광장에 서서 보면 21세기는 아무것도 볼 것이 없고 여기는 아직도 생생한 17세기. 아무리 과학기술과 물질문명이 발전했어도 살루테 성당의 광장만은 여전히 신과 교신이 되는 곳. 인간의 처절한 기도는 지금도 하늘로 올라가고 페스트의 변종들이 언제 다시 습격해 폭발할지 모르는데 아직도 연약한 왼팔로 아기 예수를 안고 있는 늠름한 성모 마리아 상. 살루테 성당은 전신으로 그렇게 중력과 은총의 문법을 보여주고 있다. 기도로 페스트를 이긴 도시.

그렇다. 나는 살루테 성당 앞에서 몽고군이 쳐들어오는데도 깊은 산속에서 나무를 베어 나무를 다듬어 목판에 글자를 새기고 있는 팔만대장경 만든 이의 비원을 생각했다. 전쟁 중에도 나무 판에 한 글자 한 글자, 글자를 아로새겨 나라의 안위와 백성의 생존을 빌었다. 살루테라는 말은 건강과 구원이라는 뜻이라고 한다. 그렇게 하얀 대리석의 살결이 푸르스름하게 변할 때까지 인간의 건강과 구원을 빌며 처절하게 자신을 던지는 비원.

구원의 은총을 기억하고 찬미하라. 먼저 애통하라. 아무튼 페스트의 시간에는 인간의 비원을 다하여 자기의 살루테 성당을 짓거나 팔만대장경을 새기고 있어야 한다. 기도가 역병을 이긴다. 할 수 있는 건 그것뿐이다.

친구와 함께 산 마르코 광장으로 배를 타고 건너가 광장의 종소리를 듣고 그 유명한 카페 플로리안의 노천석에 앉아 다소 비싼 커피를 마셨다. 주로 나이 든 악사들로 구성된 광장의 라이브 악단이 비발디를 연주하고 있었다. 비둘기와 갈매기들이 싸우지도 않고 비 온 뒤의 신선한 공기를 가르며 활기차게 날아다니고 있었다.

◇

'덩달아'의
행복론

　개인이란 더 이상 쪼갤 수 없는 원자. 쪼개지고 쪼
개졌기에 단독이다. 최인훈의 「구운몽」의 주인공의 성
姓씨는 독고. 그것은 고독이란 글자를 뒤집어놓은 것이
다. 이름은 민. 그리하여 풀 네임이 독고민. 혼자서 세
계의 고민을 떠맡은 사람이다. 한국문학사에서 현대적
개인이 처음으로 탄생하는 지점이 최인훈의 「광장」과
「구운몽」이다. 그 이후가 이청준 문학이다. 「병신과 머
저리」, 「소문의 벽」, 「당신들의 천국」, 「언어사회학 서
설」 등이 그렇다.

　현대적 개인은 쪼개졌기에 아프고 분리되었기에
고독하다. 아프고 고독한 사람이 여행을 한다. 여행을

잘 하면 '덩달아' 행복해질 수 있기 때문이다. 나는 그 '덩달아'의 행복론이 좋다. 아름다운 것을 보고 경탄하며 즐거워하는 사람들을 보는 것은 '덩달아' 기쁨을 감염시키니까. 나이아가라 폭포 앞에 가면 모두 거대한 폭포가 쏟아지는 경이로운 장면에 웃고 있고 즐거워한다. 남녀노소 백인 흑인 아시아인 구별 없이 미소를 짓고 서로를 바라보는, 즐거워하는 사람들을 보면서 덩달아 서로 즐거워진다. 행복은 사람을 연합시키니까. '덩달아'가 없는 삶은 의기소침하고 병적으로 조용하고 차가울 뿐이다.

산타 마리아 델라 살루테 성당을 바라볼 때도 그렇다. 모두들 경탄하며 감사와 구원의 기쁨에 함께 환호한다. 남녀노소 불문하고 아름다움과 숭고함은 우리를 행복하게 연합시킨다.

◇

산타루치아
기차역에서

　외로운 날엔 산타루치아 기차역에 간다. 나는 별
로 외로움 같은 것 타지 않는 성격인데 꼭 외로워서가
아니라 혼자 있는 방 안이 폐쇄공포증으로 변하려고
할 때, 사방의 벽이 갑자기 나를 향해 수축되는 것처럼
느껴질 때 그런 때는 누구나 방문을 열고 나가야 한다.
기차역이나 공항이 가장 좋은 곳이다.

　베네치아 본섬의 관문에 있는 로마 광장이나 산타
루치아 기차역을 즐겨 가곤 한다. 걷기에도 딱 맞춤인
그런 거리다. 가면서 온갖 나라 사람을 다 구경하면서
걸어간다. 온갖 상점의 상품들을 다 구경하면서 걸어
간다. 권태란 단어는 이 도시에 없다. 아니면 배를 타고

간다. 집에서 바포레토를 타고 산 스타에-산 마르쿠올라-리바 델 바시오- 다음역이 페로비아, 산타루치아 기차역이 있는 곳이다. 그 다음 역은 공항으로 나가는 육지버스가 있는 피아첼레 로마 역이다.

그러니까 집에서 4번째 정거장이 산타루치아 역이 있는 페로비아 역이다. 나는 그곳이 좋다. 그곳은 사방으로 열려 있는 열린 공간이고 피렌체로 로마로 가는 기차가 늘 출발하고 있고 파리로 스위스로 독일로도 간다. 그것이 나는 너무도 신기하다. 한반도의 휴전선 아래서 태어난 우리는 육로를 통해 열린 공간으로 나아갈 수는 없다. 북쪽으로 막혀 있기 때문이다. 외국으로 가기 위해선 비행기를 타거나 배를 타야 한다. 산타루치아 역에서는 유럽 각지로부터 육로로 사람들이 올 수 있으니 그것이 신기하고 좋은 것이다. 햇빛처럼 쏟아져 나오는 남녀노소의 인파 속에서 촛불 집회 때의 뜨거운 체온을 느끼고 기다리는 사람의 뜨거운 마음을 느끼고 도착하는 사람의 설레임과 이름 모를 동경憧憬을 덩달아 나도 느낀다. 나는 한참을 산타루치아 역 앞의 광장 벤치에 앉아서 기다릴 무엇도 없는 무엇을 기다린다. 기다릴 누구도 없는 누구를 기다린다. 그냥 열린 공간이 좋아서 산타루치아 역으로 나가는 것이다.

그래도 역에서는 늘 무언가 일이 일어난다. 모든 것이 이동 중이고 변모 중이고 변신 중이다. 구름이 구름을 배웅하고 구름이 구름을 마중하는 곳. 역이나 공항은 그래서 좋다.

산타루치아 역 앞에
구름이 도착하고 구름이 마중하고
구름이 손을 흔들며 환송하는 시간에
떠나는 사람이 있고 만나는 사람이 있고
껴안는 사람이 있고 악수하는 구름이 있다

이 도시는 물의 교도소,
(⋯⋯)
산타루치아 역 앞 공원에
파초가 큰 날개를 펼치고 서 있다
날개가 너무 커서 어깨가 부러진 파초도 있다
날개가 너무 크면 몸을 해친단다
대운하 물결 건너편 피콜로 성당에서 종소리가 울린다
파초가 몸을 털면서 날개를 펴고 푸드득거리고

어쩌면 찬란한 우울의 팡세

나도 문득 날개가 돋으려는 듯 겨드랑이가 미친 듯
가려운데

　　이런 순간, 우리는 모두 무엇이 되어가는 중이다
　　레스토랑 주방에서 끓는 물이 수증기가 되어 날아가고
　　성당의 종소리는 파문도 없이 승천하고
　　파초는 날개가 큰 새가 되어 날아가고
　　구름은 파란 하늘을 싣고 시동을 걸다가
　　웨딩드레스를 입은 꽃다발이 되어 검은 곤돌라를 타
고 가는 중이다

　　　　　　　　　-졸시 「구름의 배웅과 구름의 마중」 부분

◇

저기 저
산 미카엘 묘지섬

아침에 해 뜨는 것을 보기 위해 아드리아 바다 쪽으로 나간다. 대운하 쪽이 아니라 바포레토 5번 노선이 다니는 곳으로 가야 바다가 있다. 거기서 부라노 섬이나 무라노 섬으로 가는 배를 타기 때문에 산 미카엘 묘지섬을 알게 되었다. 바다 갈매기 소리가 끼룩끼룩 울면서 날개를 치면 아침 바다가 열리기 시작함을 느낀다. 바다라고 해야 정말 몇 골목만 걸으면 된다. 그 수상버스 5번 정류장에 서서 앞을 바라보면 자그마한 섬이 있는데 산 미카엘 묘지섬이란다. 베네치아에 흑사병이 돌았을 때 시신들이 부패하기 전에 전염을 막기 위해서 산 미카엘 섬으로 시신들을 옮겨놓았는데 그렇게 시작된 것이 산 미카엘 묘지섬의 유래란다. 바로 해 뜨는 방향에 산 미카엘 묘지섬이 있어서 마치 죽음의 방향이 일출의 방향이라는 암시가 들었다. 그러나 그 후 산 미카엘 섬에 묻히는 것은 아무나 못한단다. 돈이 많이 드는 일이라서. 도시와 가까운 곳에 있으니 성묘 가기도 좋을 것 같았다. 거기에 세계적인 예술가들이 묻혀 있다고 들었는데 미국의 시인 에즈라 파운드, 러시아의 무용가 니진스키, 러시아의 음악가 스트라빈스키 등이라고 한다. 리하르트 바그너는 요양차 베네치아에 와서 카날그란데 앞의 궁전 건물을 얻어 살다가 1883년 70세에 심장마비로 죽었지만 독일로 운구하여 자신의 축제 극장이 있는 바이로이트 정원 아래 묻혔다.

어느 날 무라노 섬 가는 길에 살짝 산 미카엘에 내려서 잠시 묘지 구경을 했다. 아름답고 조용한 성당이 앞쪽에 있고 꽃다발들이 바쳐진 돌로 된 묘지들이 줄지어 나왔다. 잠시 문화인의 호사로 에즈라 파운드나 지금도 새 발레 슈즈가 꽃다발과 함께 헌정된다는 니진스키의 묘지를 찾아보려고 했으나 묘지 사이를 살짝 걷는 것으로 문화인의 호사를 대신했다.

아침에 산책을 나가면 바로 눈앞에 눈부신 물결과

햇빛 속에 산 미카엘 묘지섬이 떠 있었고 그것을 눈부시게 바라보고 있노라면 아침에 학교 가는 아이들이 나를 보며 합장을 하고 몸을 수그렸다. 동양인이 손을 모으고 묘지에 절하는 것을 흉내내는 것 같았는데 나를 중국 사람인 줄 알고 놀려먹는 것이다. 웃으며 나도 장난꾸러기 아이들에게 손을 흔들어주었다.

그런데 그 산 미카엘로 나가는 골목에서 어제는 길을 잃었다. 컴컴한 굴 속 같은 골목에서 길을 잃고 헤매는데 어떤 중동 남자가 골목에 서서 다리를 크게 벌리고 앞을 바라보고 있다. 운동을 하는 중이었는지도 모른다. 그런데 왜 다리를 크게 벌리고 길을 막고 운동을 한단 말인가? 어둠침침한 골목에서 다리를 크게 벌리고 서서 지나가는 사람을 바라보고 있는 키 큰 남자를 보면 무섭지 않겠냐? 나를 바라보는 것도 아닌데 그만 발길이 얼어붙어버렸다. 이런 것을 편견이라고 하겠지.

약간 떨며 이리저리 골목길을 배회하는데 어떤 젊은 여성이 아들을 데리고 학교로 가는지 저 앞에서 걷고 있다. 이럴 때 만나는 여성과 아이는 밝은 평화의 상징이다. 그래서 베네치아에 그렇게도 많은 성모자聖母子상이 있는가 보다. 모자상은 늘 언제나 성모자상이다. 모녀상도 마찬가지인가? 모자상과 모녀상은 같은 것일까? 그런데 왜 사람들은 모자상은 성聖 자를 붙여 숭배하고 모녀상에는 그런 것이 없는 것일까? 그 환한 빛 같은 한 줄기 모자의 발걸음을 따라 한참을 이리저리 골목을 구부러진 끝에 나는 드디어 인간들의 거리로 나올 수 있었다. 동이 터서 이미 환해진 거리에 캐리어를 끄는 사람들이 또 거리를 걸어가고 있다. 골목에서 나오니 바로 우리 집 앞의 상점 거리였다. 젤라토 가게와 오, 반가운 맥도날드 가게, 또 오리지널 마린이라는 유아복 상점, 리쪼라는 슈크림 빵이 세계 최고로 맛있다는 빵집이 눈에 보였다. 모두가 다 친근했다. 친숙한 것들의 세계가 이렇게 가까이 있다는 것이 너무 안심이 되었다. 세상에 이렇게 가까운 골목에서 길을 헤매고 있었다니. 베네치아는 그렇다고 했다. 미로와 같은 골목에서 길을 잃어버리는 일이 빈번하고 그것이 재미있는 곳이 베네치아라고 했다. 집 잃은 토끼는 어디로 가나? 카나레조 3868번지, 칼레 데 포르노, 베네치아, 이탈리아. 애타게 잃어버린 길을 부르며 어두운 골목을 헤매다가 간신히 길을 찾아 집으로 간다. 가서 아침밥을 먹는다.

한 가지 재미있는 것은 생소한 외국에서 맥도날드 가게를 만나면 마치 한국 식당을 만난 듯이 반갑다는 것이다. 우리가, 아니 세계가 그렇게 미국화되어 있다는 것과 미국사람도 아닌 내가 낯선 외국에서 만난 맥도날드에서 안도감과 친숙함을 느낀다는 그 자체가 너무 웃기고 이상하지 않은가? 그러나 그것이 오늘의 현실이다. 아이러니다.

산미카엘 묘지섬이 보이는 오른쪽 바다 풍경

◇

행복 우울증,
설탕 우울증

　한때 '과시적 소비'라는 말이 매우 유행이었던 적
이 있다. 미국 대학에 있을 때 한국학 관련 세미나나 컨
퍼런스 등에 가보면 발표 주제 중에 "한국인의 과시적
소비 연구" 등등의 제목들이 자주 들어 있었던 것을 기
억한다. 과시적 소비라니? 그것은 소비의 행태 연구 비
슷한 사회학적 주제였는데 "유한계급의 과시적 여가
활동과 과시적 소비는 재력을 과시하고 명성을 획득해
유지하는 방편"(베블런)이라는 것이다. 그런데 과시적
소비는 유한계급뿐만이 아니라 점점 더 빈곤 계층으로
도 퍼져가며 결국은 그러한 과시적 소비 행태는 물질
의 신을 신봉하는 결핍의 노예로 모든 사람을 만들고

야 만다는 것이다. 유독 한국인들이 과시적 소비를 많이 해서일까? 그런 주제의 발표들이 각종 세미나에서 빈번히 있었던 것으로 기억된다.

사실 오늘의 우리 문화를 들여다보노라면 과시적 소비는 물론이거니와 아울러 '과시적 행복'이란 말도 떠오른다. 무엇보다도 행복하게 보여야 한다고, 불행하게 보이면 안 된다고 발버둥을 치고 있는 것 같은 과시용 행복이 넘쳐난다. 그러한 과시적 행복의 이면에 그늘처럼 우울증이 깊어지고 있는 것은 여러 극단적 사회현상이 보여주고 있는 바와 같다.

우울증의 원인이야 여러 가지가 있을 수 있고 가장 큰 원인으로 감당할 수 없는 상실이나 슬픔 같은 것을 꼽고 있지만 과시적 행복이 넘쳐나는 사회에선 '행복 우울증'이라는 것도 따라온다고 생각해볼 수 있다. 예를 들어 서양에서 추수 감사절이라거나 크리스마스와 같이 멀리 떨어진 가족들이 모여 모처럼 행복한 시간을 보내는 시간에 오히려 자살 사건이 많이 발생한다고 한다. 남들이 가족들과 함께 행복하게 지낸다고 방송에서 행복하고도 화려한 시각적 이미지가 쏟아져 나오는 그 시간에 오히려 외로운 사람은 자신의 불행이나 외로움을 못 이겨 세상을 등지는 것이다. 혼자만 행복으로부터 동떨어진 것 같은 외로움과 소외감에 아프거나 홀로인 사람이 '행복 우울증'을 앓는 것이다.

또한 행복해야 한다, 아니 행복하게 '보여야' 한다고 발버둥치는 사회에선 항상 행복의 가면을 쓰고 살아야 하기에, 따라서 행복하지 않은 자신을 용서할 수 없기에 '행복 우울증'이라고 부를 수 있는 그런 무서운 우울증이 더욱 왕성하게 번성하는 것 같다. 행복하지 않으면 소외당하는 것 같고 무시당하는 것 같고 견딜 수가 없는 것이다. 아니 타인의 시선을 떠나 먼저 자기 자신부터 행복하지 않은 자기를 용서할 수가 없는 것이다. 가면 아래의 그늘이 무서운 것이다.

그러한 과시적 행복과 행복 우울증을 잘 보여주는 반증으로 '늙어 보이면 지는 거다', '없어 보이면 지는 거다', '약해 보이면 지는 거다', '부러우면 지는 거다'와 같은, 요즈음 유행하는 루저 담론을 들 수 있다. 이 루저 담론에서 가장 공포스럽고 혐오스럽게 등장하는 것이 바로 늙음, 가난, 허약, 질병, 불행 등이다. 그런 담론들의 배후엔 어떤 상황 속에서도 가난하거나 불행하거나 늙어 보이는 루저가 되어서는 안 된다는 승리와 행복을 향한 발버둥이 숨어 있다. 죽어도 행복하게, 젊게, 건강하게 보여야 한다는 것이다.

그렇게 행복하게 보여야 하기 때문에 루저가 된다는 것은 치명적인 공포가 된다. 루저가 된다는 것은 누구에게나 아픈 일이지만 이 시대의 루저 담론의 특징은 '…… 보이면 진다'는 것에 있다. 내가 강하냐 약하냐, 부자냐 가난하냐, 불행하냐 행복하냐가 문제가 아니라 늙게, 가난하게, 약하게, 불행하게 보이면 진다는 것이다. '……하게 보인다'는 것은 나의 존재감과 가치를 타자의 시각의 평가 앞에 둔다는 것이고 따라서 나의 존재감과 가치가 타자에 절대적으로 종속된다는 것에 동의한다는 것이다. 그러한 가치관에 등이 떠밀려 루저가 되지 않기 위해 부리나케 행복의 자료들을 구입하고 가면이나 행복의 장신구들로 공들여 자신을 연출해야만 한다. 남 보라고 점점 더 젊게, 점점 더 생기 있게, 점점 더 있어 보이게, 점점 더 강해 보이게 발버둥쳐야 한다는 것이다. 그중 가장 우스운 것은 '남 보라고 행복해져야 한다'는 강박관념이 아닐까? 행복한 이미지들의 이벤트다. 잘 살아야 하는데 내가 행복하기 위해서가 아니라 '남 보라고' 잘 살아야 한다면 너무도 처참한 일일 것이다. 너무 지나치게 방어적인 것은 아닐까? 그렇다. 현대인은 지나치게 방어적이다. 왜? 자기가 마음속에 지니고 있는 자신의 이미지에 부합하는 멋진 이미지를 남기고 싶고 또 행복하게 보이고 싶기 때문이다. 루저로서의 멜랑콜리를 감추고 싶기 때문이다. 그러한 행복의 과시, 빛나는 자기 이미지의 광채에 조금이라도 흠이 가는 일이 생겨서 스스로 통제할 수 없게 될 경우 그 지점에서 사람들은 스스로 포기하고 목숨을 버리기까지 한다. 바로 그런 행복 우울증이나 이미지 우울증 때문에 유명 인기인들의 급격한 자살이 더욱 빈번하게 일어나는 것인지도 모른다. 달달한 설탕이 잠시 행복감을 주기 때문에 단 음식을 자주 먹게 되는데 단 음식을 너무 좋아하면 우울증이 생기기 쉽다고 한다. 아마 상승과 침몰의 심리적 문법 때문일 거다. 『혼불』을 쓴 최명희 작가가 했던 말이 자주 생각난다. 그녀는 말했다.

"조화와 생화의 차이는 뭔가? 요즈음엔 조화를 너무 잘 만들기 때문에 멀리서 보면 그 꽃이 조화인지 생화인지 잘 모를 때가 많다. 그러나 가까이 들여다보면

생화엔 상처가 있는데 조화엔 상처가 없다. 오직 생화
만이 상처를 가지는 것이다. 왜? 살아 있다는 그 자체
가 상처이기 때문에."

어차피 다수의 인간은 루저의 편에 속할 수밖에 없
지 않은가? 산다는 것이 곧 상처인데 상처 없는 삶을
꿈꿀 수는 있으되 상처 입었다고 금방 삶을 관 뚜껑 속
에 던져버릴 수는 없지 않은가? 문학이란 어차피 루저
의 편에 서서 생각하고 꿈꾸고 고뇌하는 것이다. 즉 생
화의 상처에 영광을 돌려주고 그 상처를 치유하는 것
이다. 우리가 쓰고 있는 모든 것이 다 기실은 '루저가
되어 상처 입은 영혼으로 어떻게 이 삶을 통과할 것인
가?'라는 질문에 대한 답이 아닐까?

그러면서도 더욱 공포스러운 이런 생각이 슬며시
꼬리를 물고 움직인다. 이 루저 담론의 다음에 오는 것
은 무엇일까? 더 끔찍한 담론이 지금 오고 있는 것은 아
닐까? '불행해 보이면 죽는다', '없어 보이면 죽는다',
'약해 보이면 죽는다'와 같은 더 솔직하고도 노골적인
루저 담론이 이미 와 있는 것은 아닐까? 다음의 루저 담
론은 어쩌면 더 무서운 승리와 행복 찬가일 것이고 결

국 루저가 될 수밖에 없는 대다수의 사람들은 그렇게 음울한 루저로 살다가 페인으로 소진되는 것으로 삶을 마감한다. 루저로서의 위엄이나 존엄성, 우아함, 훌륭함 등을 보여주는 것은 아무래도 문학의 일일 것이다. 루저라도 괜찮아, 없어 보여도 괜찮아, 약해 보여도 괜찮아, 그렇게 무리해서 행복한 것처럼 보이지 않아도 돼, 행복 우울증에 걸릴 필요는 없어, 이미지 같은 것은 진짜가 아니야…… 등등의 말을 건네는 것은 이 세상에서 오직 문학밖에는 없을 것 같다. 문학이 가진 치유의 포에티카가 바로 그것 아니겠는가?

카날그란데에 있는 석조 건물

◇

우울증과
고추장찌개

　　우울할 때 단것을 먹으면 확실히 반짝하는 효과가
있다. 초콜릿이나 달디단 빵, 달콤한 크림이 듬뿍 들어
있는 슈크림 빵, 달달한 쿨피스 같은 것들이 나는 좋다.
그런데 그에 못지않게 우리의 우울증을 씻어주는 것으
로 고추장찌개를 들고 싶다. 설탕처럼 반짝, 하는 즐거
움은 없을지라도 당뇨병이나 고지혈증, 혈압, 지방간,
비만에 안 좋다는 설탕보다 맵고 뜨거운 고추장찌개가
건강에도 좋고 우울증을 떨치는 좋은 방법이기도 하다
면 그것이야말로 일석이조가 아니겠는가. 설탕은 혈
당을 급격히 올려 혈관을 손상시킨다고까지 하지 않는
가. 그럼에도 불구하고 설탕의 매혹에서 우리는 쉽게

빠져나올 수가 없다. 그만큼 설탕은 중독성이 강한 것이고 단것을 먹고 난 후엔 잠시 반짝하지만 곧 풍선이 푹 꺼지는 것처럼 일그러진 우울증이 찾아오는 것도 어쩔 수가 없다.

고추장찌개도 역시 중독성은 강하다. 중독성이라고 다 나쁜 것은 아니니 땀을 뻘뻘 흘리며 맵고 싸아한 고추장찌개를 먹다 보면 독으로 가득 찬 몸이 정화되는 기분이 든다. 고추장을 푼 냄비에 참치 캔 뚜껑을 열어 참치 살을 쏟아 넣고 파란 애호박과 하얀 두부, 청양고추 한 개를 썰어 넣고 보글보글 끓인 다음 식기 전에 뜨거운 밥과 먹으면, 그것은 뭐랄까, 치료는 아니고 치유?, 몸에 가득 찬 독이 빠지고 무언가 새로운 맑은 힘이 일어서는 것을 느낀다. 목 놓아 울지 않았는데도 실컷 운 것 같고 펑펑 눈물을 흘리지 않았는데도 눈물을 뽑아 맑아진 것 같은 그런 환한 느낌이 오는 것이다. 한국인의 우울증은 고추장찌개에 맡겨라! 마음을 가로막고 있는 현실의 장애물과 불순물들을 고요히 물리치기 위하여.

언젠가 배우 최진실이 자기 집에 친구들을 불러 함께 이야기를 나누면서 요리를 해먹는 프로그램을 텔레비전에서 보았는데 자기는 우울할 때 고추장 수제비를 해서 먹는다고 말했던 기억이 난다. 아마 세상을 떠나기 얼마 전의 일이었던 것 같다. 맵고 뜨거운 고추장 수제비도 고추장찌개와 마찬가지로 정화의 느낌, 고양高揚의 느낌을 주는 것이리라. 그녀도 그것을 알았던 것이다. 그렇다. 맵고 싸아한 고추장찌개는 장대높이 뛰기와 같은 시원한 고양감을 준다. 더러운 몸의 독을 빼고 정화, 고양감을 주어서 마음을 북돋아준다. 나도 시간이 나면 고추장 수제비를 한번 해먹어야지…… 하면서도 아직 도전해보지는 못했다.

　이상한 말 같지만 고추장찌개를 뜨겁게 먹고 있을 때 도마의 신이라는 말을 듣는 양학선의 놀라운 동작이 가끔 떠오르기도 한다. 두 팔로 도마(뜀틀)를 짚고 마치 손이 스프링이 된 듯 허공으로 뛰어오르며 공중에서 두 번, 세 번 빙글빙글 돌다가 산뜻하게 착지를 하는 놀라운 동작. 공중에서 세 바퀴를 도는 스카하라 트리플이라는 놀라운 기술. 공중에서 1080도를 돌기까지 했던 양학선의 최고의 묘기. 그는 하나의 한계를 돌파한 사람이다. 뜨겁고 매운 고추장찌개에는 그런 양학선의 스카하라 트리플이 주는 전율이, 도저히 인간의 것이라고는 상상할 수 없는 묘기와 용기가 들어 있다. 고추장찌개는 우리에게 그런 도약의 힘을 준다. 우울증에 침몰하지 말고 우리도 각자의 도마를 짚고 날아오르자! 우리의 인생에도 각자 고유한 스카하라 트리플 기술을 만들어내자. 양손으로 뜀틀을 짚고 날아 올라가 잠시 정점에 떠 있다가 공중에서 세 바퀴를 비틀면서 도는 그런 놀라운 신기.

뛰어넘는다. 두 손이 스프링이 된다. 장애물을 뛰어넘고 허공의 정점에서 새로운 경지에 도달한다.

땀을 뻘뻘 흘리고 고추장찌개를 먹으며 나는 그런 비현실적이리만치 아름다운 스토리를 상상한다. 죽을 때 죽더라도 오늘은 나에게 주어진 이 한계를 돌파하려고 노력하자. 오늘은 타이타닉호 같은 침몰의 무게. 우울증이 물러나게 두 손이 스프링이 되어 도마를 짚고 날아가자!

◇

미니멀리즘

    고생 끝에 행복이 온다. 고생 끝에 정년퇴직이 왔다. 할 만큼 했다고 생각하면서도 어딘가 서운한 것은 어쩔 수 없는 일. 고생 끝에 오는 그런 행복은 그저 그런 행복이다. 고생 끝에 오는 불행보다는 낫다는 의미에서 상대적으로 행복한 행복이다. 그 이상은 없다. 인생에 구걸하기보다는 미니멀하게 줄이는 것이 낫겠다 싶어 미니멀리즘을 실천하고 살자 다짐한다. 나의 미니멀리즘은 이렇게 사소하고도 작은 것이다. 카르페 디엠도 나의 작은 카르페 디엠이 좋다.

◇

돌에
새겨진 것들

　이 오래된 베네치아의 돌 벽들. 돌로 된 것, 돌에 새
겨진 것만이 오래 살아남는다는 진리를 가르쳐주며 돌
로 된 벽은 서 있다. 돌이 벽 속으로 들어가면 조각상이
되고 벽화가 된다. 벽 속으로 들어가서 조각상이 된 여
신이나 벽화가 된 사람들의 목소리가 돌담길을 걸으면
들리는 것 같다. 버려진 돌도 많았다. 버려진 돌 속에 사
라진 목소리들은 어쩌면 나의 목소리를 닮았을 것 같
다. 폐허를 닮은 건물 자체가 데드마스크 같기도 하다.
실제로 신들의 두상이나 동물의 조각상이 매달려 있고
새겨져 있다. 이탈리아는 기기묘묘한 가면의 나라이기
도 하지만 건물마다 데드마스크를 매달고 있기도 하다.

◇

여행은 자살 미수,
아니 부활 미수

여행은 시간의 파문. 여행은 그렇게 발버둥을 치며 흘러가다가 결국 제 모습을 잃어버려도 좋은 구름의 부활 미수未遂 같은 것이랄까? 부활은 없어도 부활 미수의 근처에 다녀오는 여행은 한시도 같은 모습을 지니지 않는 구름을 닮았다. 미수에 그치지만 여행은 우리의 자아를 새롭게 조성해준다. 여행은 접속이자 능동적 부활 미수다. 능동적으로 접속할 때 자아는 구름처럼 흩어지면서 변형된다. 시는 변화의 말이고 여행도 변화의 길이다.

◇

바람을 옷으로 싼 여자
─ 카포스카리 대학의 시 낭독과 특강

　　카포스카리 대학의 한국어과 교수가 갑자기 건강
이 악화되어 병가病暇를 내어 강의를 취소하고 학교를
나오지 않아 아쉽게도 나는 애초에 예정된 강의를 다
하지 못하였다. 가을이 깊어가는 시간에 카포스카리
대학교에서 시 낭독과 특강을 하던 날, 나는 그 대학의
한국어 전공 학생들이 어떤 생각을 하고 있으며 한국
시에 대해 어떤 반응을 보일까 적지 않게 설레임을 가
지고 교실로 들어갔다. 이탈리아에서는 카포스카리 대
학에 한국어 전공 학생들이 가장 많다고 했다. 다 합쳐
500여 명 정도가 된다고 들었다. 로마의 사피엔자 대학
의 한국어 전공 학생은 300~400명 정도 된다고 들었

다. 카포스카리 대학에 다니는 어느 여학생은 서울의 한 대학교로 교환학생 신청을 해서 9월에 서울로 간다고 매우 기뻐했다. 그 여학생은 서울의 대학에 가면 기숙사에 살지 않고 꼭 고시원에 살아보겠다고 한다. 왜 고시원에 살아보고 싶냐고 묻자 "고시원, 재미있을 것 같아요. 드라마에서 봤어요" 한다. 한류 바람이 여기에도 불었구나. 반가웠다.

행사의 앞부분은 특강이었고 그 다음이 시 낭독이었다. '재난의 시대에 시는 무엇을 하는가?'라는 제목으로 1시간의 강연이 끝나고 시 낭독이 시작되었다. 한국 문학예술위에서 제작한 이중언어판 작가 키트에 실린 한국어 시를 읽고 이탈리아인인 소피아 교수가 이탈리아어로 번역시를 읽었다. 주로 보편적 공감을 나눌 수 있을 것 같은 여성 실존에 관한 시편을 골랐다. 「배꼽을 위한 연가 1」, 「바람을 옷에 싼 여자」, 「꽃들의 제사」, 「달걀 속의 생 2」, 「달걀 속의 생 5」, 「여행에의 초대」, 「서울의 우울 1」, 「세상에서 가장 무거운 싸움 2」 등 시 7편을 한국어와 이탈리아어로 낭독했다. 그리고 나의 시 세계에 대해 짧게 강연을 했는데 학생들은 정말 숨소리도 내지 않고 집중해서 들었다. 그리고 학생들이 자기가 읽고 싶은 나의 시를 몇 편 이탈리아어로 읽었다. 학생들과의 질의응답 시간이 무척 신선하고 재미있었다.

학생들의 질문을 예로 들어보자면 "지금 인류는 우울증으로 가득 차 있는 것이 사실이다. 이탈리아만 해도 지중해를 통해 난민들이 하루에도 수백 명이 넘게 들어오고 물에 빠져 죽기도 한다. 정신적으로 매우 어두운 시기다. 왜 강연에서 재난이나 우울증을 주제로 삼았는가?"(사라), "왜 시를 쓰기 시작했는가?(앤지)", "시인들은 시를 자기 치유를 위해 쓴다고도 하고 또 타인을 구원하기 위해 세계를 구원하기 위해 쓴다고도 하는데 당신의 경우는 어떤가?"(라케리다), "아까 「배꼽을 위한 연가 2」를 읽고 출산을 하고 엄마가 되고 나서 시 세계가 바뀌었다고 했는데 할머니가 되고 나면 또 시세계가 변모되겠는가?"(로미나) 등등 깜짝한 질문들이 많았다. 나는 로미나의 질문에 특별히 자세하게 대답했다. 아들이 결혼을 했으나 아직 아이를 낳지 않아서 아직은 할머니라는 이름을 받지는 못했는데 할머니적인 감각이 인류를 구원한다는 말은 할 수 있을 것 같다. 로미나는 할머니적인 감각이 무엇인가를 다시 물었고 나는 「바람을 옷에 싼 여자」라는 시를 예로 들어 설명을 했다. "여자, / 바람을 옷으로 싸고 / 물을 보자기로 모으는 여자, / 해와 별을 가슴에 기르고 / 정액과 피를 모아 / (아, 너로구나, 너였구나⋯⋯) / 그것은 바람의 연애, 사람을 태어나게 한 여자 // 두 손으로 바람을 모아 / 뼈와 근육과 신경과 골수를 짜넣은 여자 / 영혼을 살로 싼 여자 / 심장 속에 절대로 꺼지지 않는 불을 넣은 여자 / (하략)"

　　즉 이 시가 보여주는 것처럼 할머니적 감각이란 소멸하는 존재에 대한 연민과 위험하고도 부드러운 사랑의 감각이라고 할 수 있다. 위험하고도 부드러운 모순의 사랑을 할머니는 온 마음으로 구현할 수 있다. 세상의 언덕에 앉아 할머니는 지상의 모든 것과 또 그중 가장 아름다운 인간이라는 육체를 소멸의 감각으로 바라본다. 할머니는 흩어지는 지상의 바람을 사랑의 보자기로 싸고 싶어 한다. 천지사방으로 흩어지는 육체와 영혼을 모으고 싶어 한다. 할머니의 사랑은 너무나 절박하다. 할머니는 소멸을 모은다는 꿈을 꿀 만한 자격이 있다. 왜? 그녀가 바로 인간을 만든 여자였기 때문이다. "인류 대대로 바람을 옷으로 싼 여자"였기 때문이다. 소멸을 울면서 어루만지는 여자, 그러나 허무를 부드러이 받아들이는 수용성의 여자, 할머니야말로 바로 파괴와 재난으로 가득 찬 세기의 불안을 구원할 만하지 않는가.

문학은 나의
오른쪽 심장

절망은 머리에서 오지만 희망은 심장에서 온다. 왼편 심장만으로는 점점 살아가기가 어려워 우리는 오른편 심장을 필요로 한다. 나이 들며 점점 더 심장은 쇠약해지고 낙엽이 가슴속에서 떨어지니까. 시를 쓰면서 나는 오른편 심장을 만들면서 간신히 생존해온 것 같다. 베네치아에 와서 위대한 예술가들의 흔적을 보면서 마치 자동차가 오일 체인지를 하듯이 풍부한 예술적 혈액의 오일 체인지를 경험한 느낌이 들었다. 예술은 나의 오른쪽 심장이며 치유의 의사다.

냉장고 속의 달걀처럼
우리는

　줄리오의 어머니가 나의 시, 특히「달걀 속의 생 2」를 읽고 감명을 받았다고 해서 기뻤다. 그 말을 듣자 2016년에 모스크바에 시 낭독을 갔을 때 모스크바 외국어대학교 학생인 보그덴이 했던 말이 떠올랐다. 보그덴의 어머니가 시 낭독에 왔었는데「달걀 속의 생 2」를 듣고서 울었다고 했다. 다음부터는 냉장고 속의 달걀을 먹으려면 가슴이 아플 것 같다고 했단다. 이집트 여성 독자도「달걀 속의 생」이란 나의 시를 보고 공감을 느낀다고 아랍어로 나의 시집을 번역한 마흐무드 가파르 교수가 말했다. 냉장고라는 일상적인 물건 안에 들어 있는 달걀이 사실은 나의 슬픈 자화상이고 그

냉장고의 숙명을 도저히 도망칠 수 없는 차가운 달걀들이 우리의 얼굴이라는 발상이 보편성이 좀 있나 보다. 줄리오는 나의 시 「여행에의 초대」를 가장 좋아한다고 했다. 낯선 곳, 낯선 사람, 낯선 세계에 대한 동경憧憬을 자신도 비슷하게 가지고 있어서 외국어, 특히 한국어 전공을 했는지도 모른다고 했다. 사람들은 아름답고 경이로운 베네치아에 미친 듯이 몰려오는데 베네치아 토박이인 줄리오는 이곳을 떠나고 싶다고 한다. 그 아이러니에 머리를 끄덕일 수 있다고 나는 생각한다.

시 낭독 행사가 끝나면 우리는 비록 언어가 다를지라도 낯선 세계의 낯선 사람들로부터 대개 공감의 말을 듣게 된다. 그때 시인이 느끼는 것은 인류 보편의 경험과 감정에 대한 경의敬意다. 언제 어디에 살든지 인간은 비슷한 일상의 모서리에서 비슷한 경험과 아픔과 감정을 가지고 살아간다는 확인이다. 생전 처음 보는 낯선 사람 속에 들어 있는 낯익은 사람을 만난다. 우리는 모두 모퉁이를 돌아갈 때마다 바람을 맞으며 아픔을 느끼는 존재인 것이다. 그것이 시의 발견이자 사람의 발견이다.

젤소미나가 작은 토마토 씨앗을 조금 뿌린 느낌이다.

FRITTO MISTO DI PESCE	IL NOSTRO PESCE:	OUR FISH MENU:			
FRITTO MISTO DI PESCE MIXED FRIED FISH	CALAMARI SQUID	CALAMARI E GAMBERI SQUID AND SHRIMPS	GAMBERI SHRIMPS	BACCALÀ COD OR STOCKFISH	LATTERINI SMALL FISH
모듬 튀김	오징어 튀김	새우 오징어 튀김	새우 튀김	대구 튀김	물고기
7,00 €	8,00 €	9,00 €	10,00 €	4,00 €	5,00 €

DA ASPORTO   TAKE AWAY   포 장   TEL: 041 5647451   ©fritoinn   #fritoinn

◇

움베르토
에코를 찾아

　추석 무렵에 볼로냐를 가려고 산타루치아 역에서
기차를 탔는데 파도바를 가게 되었다. 볼로냐인 줄 알
고 볼로냐 대학을 찾아 한참을 걸었는데 아무래도 파
도바라고 쓰인 글씨가 많이 눈에 띄어 볼로냐가 아닌
줄을 눈치채게 되었다. 볼로냐, 광장, 움베르토 에코
를 찾아가는 길이었다. 움베르토 에코가 『기호학 이
론』을 쓰고 『장미의 이름』을 쓰고 『푸코의 진자』를 썼
던 그 대학엔 움베르토 에코의 흔적이 어딘가 남아 있
을 것 같았다. 중세의 길들이 뻗어 있고 중세의 광장이
어디에나 있어서 이탈리아의 도시들은 비슷한 면이 있
는 것이 사실이다. 기호학을 연구하는 송 교수가 선물

로 북마크를 받고 싶다고 해서 이왕이면 볼로냐 대학의 북마크를 샀으면 해서 겸사겸사 볼로냐 대학을 가던 중이었다. 기차를 잘못 내렸나 보다. 그러나 파도바도 훌륭한 도시였다. 다빈치와 단테의 흔적이 여기저기 있었다. 또한 16세기 이탈리아 최고의 여성시인인 가스파라 스탐파가 태어난 곳! 그녀의 고향!

반듯한 신작로에 양쪽으로 거대한 회랑이 있고 그 안에 값비싼 물건들이 가득 쌓여 있는 상점들이 있고 상점들의 거리를 지나가면 광장이 나오는데 양쪽으로 물이 흐르는 광장에 79개의 동상들이 서 있는 파도바. 이 도시의 영광을 위해 헌신한 사람들의 동상이라고 했다. 동상들이 물가에 웅장하게 서 있고 물이 흐르는 다리에서 분수가에서 사람들은 사진을 찍었다.

우연히도 큰 성당 안으로 들어가 누가의 시신이 놓여 있는 제단을 보았고 그 제단 앞에 양초를 하나 켜서 바치고 기도했던 것은 파도바 여행 최고의 수확. 볼로냐가 아니고 파도바로 갔던 덕분이었다. 때로 인생은 그렇게 뜻과는 다른 길로 인도하고 그 길에 더 좋은 것이 펼쳐지기도 한다. 볼로냐는 다음에 가야지. 움베르토 에코는 이미 세상을 떠났으니 거기서 나를 기다리

는 것도 아니건만 볼로냐 대학을 구경하고 싶은 마음
이 있어서 왔는데 볼로냐는 다음 기회에.

　　추석 명절에 안성에서는 바우덕이 축제를 한다고
한다. 바우덕이 하면 혼자 줄 타는 여자가 생각난다. 날
렵한 버선발에 현란한 부채를 들고 휘이휘이 외줄을
타는 그 비상한 힘. 줄 타는 여성은 그렇게 외로울 수밖
에 없지 않을까. 남성들로만 이루어진 남사당 무리에
서 바우덕이가 유일하게 꼭두쇠를 했다고 하니 바우덕
이의 재주는 그만큼 뛰어났으리라. 뛰어난 만큼 외로
웠으리라. "안성 청룡 바우덕이 줄 위에 오르니 돈 쏟
아진다, 안성 청룡 바우덕이 바람을 날리며 떠나를 가
네". 예인이다. 예인은 그렇게 바람을 날리며 떠나며
산다. 바람을 날리며 떠나간다는 노랫말에 갑자기 흑,
하고 눈물이 난다. 감상주의를 배격한다는 나의 여행
원칙에 맞지 않게.

위층에 사는 할머니가 쓰레기를 버리기 위해 줄을 이용해 비닐봉지를 아래로 내린 풍경

◇

내가 그때
왜 그랬을까?

　시간은 만인에게 평등하고 시간만은 인간에게 상
대평가가 없다. 슬프지만 시간은 절대평가를 한다. 밤
에 휘영청 밝은 달을 바라보노라면 갑자기 "내가 그때
왜 그랬을까?"라는 회한이 엄습해 올 때가 있다. 인간
은 스스로도 모르는 많은 일을 저지르면서 살아간다.

　아들이 LA에서 대학원을 졸업하고 취직이 되어 뉴
욱으로 갈 때였다. 아들은 뉴욕 월스트리트 구역에 있
는 큰 회계법인에 취직이 되어 뉴욕으로 떠나고 나는
서울로 돌아오는 길이었다. LA 공항에서 서로 각자의
비행기를 기다리고 있는데 갑자기 옛 일 하나가 떠올
라 왔다. 공항이란 그런 곳이다. "엄마가 그때 참 미안

했어. 우리 처음 미국 왔을 때. 너 초등학교 2학년 때. 네가 저녁에 잠들기 전에 영어 동화책을 읽어달라고 했을 때, 그때 엄마 아빠가 너무 피곤해서 책을 못 읽어준 것, 참 미안해. 그리고 네가 '영어 단어 맞추기 퍼즐'을 사와서 단어 맞추기 놀이를 하자고 했을 때 내가 바빠서 못 해준 것. 그것도 참 미안해. 그런 것들을 해주었어야 했는데 정말 마음이 아프구나……" 나의 눈에 갑작스레 붉은 기운이 뜨겁게 올라왔다. 공항이 그런 장소이기도 하지만 갑자기 나는 시간의 절대평가 앞에서 목이 콱 메였다. 아들은 웃고 있었다. "엄마, 그런 말 하지 마세요. 나 정말 잘 컸어요. 부모님이 나를 방목해서 어린 시절에 너무 행복할 수 있었어요. 나는 그것이 좋아요." 이것은 하나의 밝은 일화이다. 그러나 차마 남들에게는 말 못할 그런 아픈 일들은 또 얼마나 많았겠는가. 정말 나는 그때 왜 그랬을까? 그는 이런 것을 원했었는데 왜 나는 그런 것을 했던가? 그때 그런 말을 안 하고 이런 말을 했더라면 얼마나 좋았을까? 왜 나는 그때 그랬을까? 왜 사랑한다고 하며 상처의 방향으로 갔을까? 그때 나는 왜 그랬을까?

4부

인생은
각목 같은
것일지라도

달걀은
소중하다

◇

세상의 미움을
받는 사람들

"선생님, 저는 세상의 미움을 받나 봐요. 상도 저는 비켜가고 아무것도 되는 일이 없어요⋯⋯" 서울에서 온 후배의 이메일. 세상의 미움을 받는 것은 당신만이 아니라고, 나는 쓴다. 우리가 예전에 문학 공부 할 때는 세상의 미움을 받아야만(세상과의 불화) 위대한 작품을 쓰는 줄 알고 세상의 사랑 같은 것 거부, 거절하리라는 다짐도 했는데 다 헛소리일 뿐이다. 어느덧 세상이 바뀌어서 세상의 사랑을 받지 못하면 그냥 이름 없는 생매장이 된다. 그러나 세상의 사랑을 따라가기만 한다면 거기에 불멸은 깃들지 않으리라. 그런데 가장 무서운 것은 세상은 당신을 미워하지 않을 뿐만 아니라 무

관심 그 자체. 당신이 존재하는지도 모른다는 것. 죽거나 살거나 아무 관심이 없어요.

　한국에서는 줄을 잘 서야 하고 어느 진영에 속해야 하고 대중적 감성을 울려야 하고 실력은 그 다음 문제. 후배에게 할 말이 없었다. 카도로 거리 카페에 나가 아스파라거스가 한 줄 장식되어 있는 리조토를 점심 겸 저녁으로 먹으면서 후배를 생각했다. 나는 당신의 진가를 알고 있고 당신의 보석 같은 진심을 알고 있으니 좀 더 기다리면 세상의 사랑이 오리라는 그런 말은 하고 싶지 않았다. 단지 우리는 세상의 미움에 반응을 하지 말고 고독의 위엄을 지키자고 그런 하나마나한 말을 했다. 고독을 지켜서 뭐? 천 년 만 년 후에 문학사의 인정을 받아서? 사실 고독을 지키지 못한다면 아무 일도 할 수 없지 않나, 뭐? 고독의 품위, 고독의 영광만이 사람의 진심을 받쳐준다. 10미터 미인처럼 고독을 두르고 있을 때 인간의 품위와 영광은 지켜진다. 기운의 순도純度가 높아진다. 그러나 한국에서는 누구도 10미터 미인이 되기는 어렵다. 땅이 너무 좁아서인지 고독의 간격이 지켜지지 않는다. 소문과 비판이 서로를 먹어치운다. 소문과 비판? 그렇다. 우리나라에서는 소문과 비판이 서로의 순수한 에너지를 서로가 망할 때까지 갉아먹고 있다. 문학보다 먼저 문단을 알아버린, 문학보다 먼저 권력을 알아버린 군상들이 정말이지 슬프구나. 그러니, 알로라, 호수처럼 막힌 물에 떠 있는 뗏목보다는 넓고 넓은 바다로 나아가는 배가 더 아름답지 않느냐. 자, 자, 이렇게 하자. 사랑하는 후배여, 우리. 3등만 해. 우리 3등만 하고 살면 되지 않나? 3등만 하고 살자. 그러면 당신은 지금 얼마나 잔이 넘치도록 행복한 사람인가? 내 잔이 넘치나이다, 라고 감사 기도를 올려도 되지 않나? 그리고 사랑하는 후배여, 내가 당신에게 다음과 같은 시를 주고 싶도다. 시가 좀 시시해도 잘 들어봐요. 그리고 이게 고독한 우리의 고유한 스토리라는 것을 가슴에 잘 새깁시다.

백악관의 웨스트 윙 브리핑 룸 첫째 줄
헬렌 토마스가 사랑받는 기자이길 포기하면서
진짜 기자가 되어갔던 것처럼

캔터베리 대주교가 친구인

어쩌면 찬란한 우울의 팡세

국왕 헨리 2세의 사랑을 받기를 포기하면서
진짜로 대주교가 되어갔던 것처럼

시인도 사랑받는 시인이기를 포기하면서
정말로 시인이 되어가는 것인지도 모른다

선생님도 사랑받는 선생님이길 포기하면서
진짜 선생님이 되어가는 것이고

개도 사랑받는 개이기를 포기하면서
진짜 개가 되어갈 수 있는 것인데
진짜 사람도 그렇게 되어갈 수 있는가

이것저것 오만가지 진통제를 끊고
고요히 나에 대해 생각해보는 밤
베네치아의 반짝이는 해골 가면이 쇼윈도에서 나를
쳐다본다

―졸시 「사랑받는 진통제」 전문

◇

실패한 자의
샴페인

인생은 그런 실패투성이야. 온통 실패, 실패뿐이
야. 한국에서는 한 번의 실패가 평생을 좌우하지. 한 번
의 실패만으로도 사람 취급을 못 받는 것이 한국 사회
의 크나큰 병폐다. 대학 입시를 향한 광기를 생각해보
면 안다. 한국 사회는 용인이라는 것이 없다. 그런 잔인
한 계급사회가 한국이다.

패배를 뛰어넘는 사랑이 있어야 볼 수 있는 것들이
있는데 오히려 성공에의 사랑 때문에 보지 못했던 것
들도 많다. 성공에의 사랑은 때로 그런 자폐증의 충동
을 가진다. 그런 역설 위에 사랑의 무지개는 뜬다. 무지

개 다리 아래로 걸어가면서 소원을 빌면 이루어진다는
데 무지개 다리 아래로 걸어가면서 패배에 분노하느라
고 소원을 빌지 못한다. 이것도 역시 성공을 향한 사랑
의 자폐증에서 기인한다. 한번 실패했더라도 샴페인을
들 수 있는 사회. 아니 실패란 개념이 아주 약한 사회.
실패란 개념이 아예 없는 사회. 그런 나라를 꿈꾼다. 한
번 맨홀에 빠졌다고 평생을 그 맨홀 뚜껑을 머리에 이
고 짓이겨지면서 살아야 하나?

◇

「성모 승천」

　　베네치아풍의 그림 중에는 어린 큐피드가 활과 화살을 들고 늘 어디엔가 숨어 있는 그림이 많다. 실핏줄이 들여다보일 정도로 투명한 연분홍 살결의 여성들, 목과 가슴이 훤히 드러나고 레이스처럼 하늘하늘한 드레스에 머리를 올린 여인 옆에 늘 활과 화살을 들고 웃고 있는 소년 에로스. 사랑이 있어서 꿈꿀 수 있는 것들은 그런 온화한 풍경이고 젖가슴이 불룩한 풍만한 생명력이다. 세상에서 가장 아름다운 풍경은 어린 아들과 엄마가 있는 풍경이고 역시 베네치아엔 그런 성모조각상이 많다. 성모와 성자의 조각상이나 그림들. 슬픈 어머니 품에 안긴 성자는 아직 하늘이 자신에게 내린 십자가의 운명을 모르고 포동포동하게 흡족하다. 모유가 넘치게 충분한 성모 신앙이 넘치고 그런 모자母子상이 거리의 조각상에 지붕의 조각상에 많이 새겨져 있다. 산타 마리아 글로리오사 데이 프라리 성당에 있는 티치아노의 대형 제단화「성모 승천」은 바로 그런 그림이다. 이 그림은 3단으로 나누어져 있는데 가장 아래에는 비통에 잠겨 성모의 죽음을 거부하고 두 팔을 들고 울부짖는 사도들이 있고 그 다음 중간에는 구름 위에 벌거벗은 포동포동한 아이들이 있고 구름을 등에 지거나 어깨에 멘 아이-천사들이 호위하고 있는 허공에서 성모가 두 팔과 두 손을 들어 올리고 승천의 몸짓으로 멈춰 있다. 성모는 검은 머리, 길게 내려오는 빨간 드레스, 검은 스카프로 어깨를 두른 차림을 하고 있다. 맨 위에 그려진 하늘에는 비탄의 표정과 몸짓으로 성모를 맞이하려는 성부聖父와 여자 천사가 있고 왼쪽에선 아기-천사가 검은 왕관을 들고 아래를 내려다보고 있다. "성모 승천을 바라보는 두 개의 감정이 격동하며 금방이라도 눈앞에 나타날 듯 생생하게 그려져 있다. 역동적인 색채와 끓어오르는 감정의 드라마의 정점의 한 순간이다." 티치아노는 말했다고 한다. "색은 검은색,

흰색, 붉은색이면 충분하다"라고. 사랑이 있어서 꿈꿀 수 있는 것은 사랑이 없어서 꿈조차 못 꾼 것들을 압도하고 있다. 그렇다면 사랑이 있는 게 훨씬 더 유익하구나. 파스칼이 『팡세』에서 그렇게 말했다. 신이 존재하는지 존재하지 않는지 그것은 현재로서는 모르는 일이다. 나중에 죽어서 저세상에 갔을 때 신이 없으면 그만이지만 그러나 신이 진짜 존재하면 낭패라고. 그러니 지금 여기서 신을 믿는 것이 유익하다고.

◇

트럼프 대통령님,
아메리카 퍼스트 하지 말고
아메리카 라스트 하시오!

    한국에 전쟁이 난 줄 알았다. 전투기가 서울을 넘어 휴전선 가까이로 날아갔다 오고 북한과의 긴장이 최고도로 올라가고 트럼프 대통령이 전쟁이 나면 우리가 죽는 게 아니라 그들(한국인)이 죽으니 염려할 것 없다, 는 말을 했다는 것을 들었다. 휴전선 바로 아래 서울에 살고 있는 남한 인구가 일천만 명이 넘는데(수도권 인구는 전체 국민의 절반) 세계의 대통령이라는 미국 대통령이 이런 냉혹한 말을 가볍게 해도 되는가? 트럼프 대통령은 누구인가? 미국이 우리의 동맹국이라는 것이 정말 맞는가? 아니면 그냥 말 그대로 빅 브라더인가? 미국은 우리에게 무엇인가? 흰색인 줄 알았는데 검은색 백조였다는, 그 패러독스의 검은 백조인가?
"한반도에 전쟁이 나도 우리는 안전하고 그들만 죽으
니 염려할 것 없다"고? 나는 자다가도 분이 안 풀려 지
구의 끝, 칼레 데 포르노, 카나레조 3868번지 이층의 방
에서 벌떡 일어나 씩씩거리며 걷기를 몇 번이고 되풀
이한다. 아, 정말 내가 힘이 없다는 것이 너무 가슴이
아프다.

　　슬로베니아의 철학자 슬라보예 지젝은 말했다.

　　"우리는 지구라는 우주선에서 함께 산다. 우리가
함께 살아간다는 사실을 받아들여야 모든 인간 공동체
사이의 보편적 연대와 협력을 이루는 것이 시급한 과
제임을 깨닫게 될 것이다. 우리가 세계를 구성하는 사
람들의 운명을 진심으로 보살피려 한다면 우리의 모
토는 '퍼스트'를 내세우는 것이 아니다. 아메리카 라스
트, 차이나 라스트, 러시아 라스트와 같이 되어야 한다"
라고. 그는 트럼프 대통령의 '아메리카 퍼스트' 담론을
슬쩍 비틀어 유쾌한 일격을 만든 것이다. 지금 인류가
처한 악몽 같은 패권 경쟁과 비극적 생지옥을 생각하
면 우리 모두 '나-퍼스트'에서 '나-라스트'로 가는 발
상의 전환을 해야 할 때다. 지젝의 말을 듣고 마치 공상

같은 이야기지만, 그런 천진난만한 시적 상상력이 공격적 적개심으로 가득 찬 이 국제 패권주의의 생지옥을 평화롭고 밝은 세상으로 변화시킨다고 생각했다. 역시 시인이나 철학자는 세상에 필수불가결한 천사(월러스 스티븐스)다.

우리는 휴전선 아래에 살고 있다. 바람 앞의 등불임을 모르는 사람은 없다. 태어나면서부터 이 분단의 시한폭탄 속에서 개미처럼 숨죽이고 살아왔다. 그러니 제발 자꾸 아픈 소리 하지 말고 상처 주지 마시오. 아메리카는 가만히 있어도 세계 퍼스트이니 약자들에게 아메리카 퍼스트를 너무 내세우지는 마시오. 지젝이 말했듯이 아메리카 라스트 하시오. 그러면 전 세계가 당신을 축복할 텐데……

◇

어쩌다 모두
다친 사람들

    한국전쟁 이후에 쓰여진 시 중 김광림 시인의 『상심하는 접목』(1959)이라는 시집이 있다. 그중 한 편의 시를 생각한다.

    전쟁에서 살아남았을 땐
    우리는 어쩌다 모두 다친 사람들이었고

    다음엔 찢기운 가슴의
    어느 모퉁이가 허물어졌을 것이다.

                   - 「상심하는 접목」 부분

이렇게 고난의 역사와 전쟁의 상실 속에서 한국인은 어느 가슴의 한 모퉁이가 무너지고 육체가 훼손되는 아픔의 현장을 살아왔다. 우리는 다 현대사 속의 다친 사람들이다. 그런데 왜 베네치아 바포레토 수상버스 정류장에 앉아 있을 때 이 시구가 생각나는가? 멋지게 차려입은 남녀노소가 왔다 갔다 하는 정류장 물결 위에서?

◇

언니 수녀님의
소천

2017년 11월 18일 토요일 오전 4 : 04

"언니 이인숙: 성심의 데레사 말가리다 수녀님, 오늘 새벽 4 : 46분 영면했대요. 17일 넘겨서 가야 내가 장례미사 참여할 수 있다고 언니 귀에 대고 누가 전하니 조금 더 참았다가 가신 듯해요. 그간 기도 염려해주심 감사드려요."

새벽 4시에 카톡! 카톡! 소리에 일어났다. 나는 아이들이 외국에 살다 보니 늘 전화기를 머리맡에 두고 잔다. 신속히 전화를 열어보니 이해인 수녀님으로부터 온 카톡 문자다. 언니 수녀님이 아프시다고 했는데…… 언니 수녀님께서 위독하시다고 했는데…… 소천하셨구나.

갑자기 무릎이 팍 꺾이는 느낌이다. 언니 수녀님을 뵌 적은 없다. 언니 수녀님은 봉쇄 수도원에 살고 계셔서 만날 기회는 없었지만 이해인 수녀님을 미루어 짐작해보건대 너무도 성스러우신 분, 성결하신 분, 아마 외모도 아름다우신 분, 그러나 봉쇄 수도원이라니…… 인간으로서 어떻게 그런 큰 십자가를 지고 평생을 살아오셨을까. 사랑의 십자가라고는 해도 어떻게 평생을 그 큰 십자가를 지고 살아오셨는가. 언니 수녀님의 명복을 빌기 위해 고개를 숙이고 눈을 감는데 어디선가 성대한 장례미사의 음악소리가 들려온다. 내가 기도를 시작하기도 전에 언니 수녀님의 장엄한 장례미사는 완성된 느낌이었다. 이곳 이탈리아는 성모 신앙의 조각상들이 많다. 길을 가다가도 어느 집 담이나 지붕에 성자를 껴안은 성모님의 조각상이 있는 것을 본다. 세상에서 가장 아름다운 장면은 성모님이 갓 태어난 아들을 껴안고 있는 것이리라. 그 아들은 장차 인류를 대속代贖하기 위해 죽을 운명이란다. 그런 아들의 운명을 꺼안고 어린 성모님은 평화와 안식의 무구無垢한 미소를 얼굴과 품에 가득 품고 있다. 언니 수녀님과 성모님. 고맙습니다. 그렇게 살아오신 것이. 새벽 아침에 가슴이 시리다.

◇

십자가 모양으로
길에 나동그라져서

　길을 가다가 울퉁불퉁한 보도블록에 걸려 넘어졌
다. 들고 있던 생수 두 통과 야채, 고기, 빵이 나동그라
지고 눈에서 불이 번쩍 났다. 신부님들 세례 받을 때처
럼 길바닥에 코를 박고 두 팔과 두 다리를 뻗고 십자가
모양으로 앞으로 쓰러졌다. 노천카페에서 식사를 하던
사람들이 포크와 나이프를 든 채로 나를 물끄러미 바
라본다. 카페 문 앞에서 흘러나오던 오 솔레미오 노랫
소리가 꿈처럼 아득하게 울렸다. 사람들의 시선이 너
무 수치스러워서 일어서서 걸으려고 하니 온몸이 부들
부들 떨리고 코에서 무릎에서 피가 배어나오는 것이
느껴졌다. 어떤 할머니 한 분이 어깨를 잡고 "아 유 오

케이?" 걱정스럽게 물어본다. "아임 오케이" 말하는
데 솔직히 울고 싶다. 발아래 돌바닥을 내려다보았다.
울퉁불퉁한 것들은 이렇게 사람을 울퉁불퉁 다치게 한
다. 다치게 하고도 모른 척한다. 집에 와서 발을 보았
다. 무릎을 보았다. 울퉁불퉁하다. 벌써 파란 멍이 퍼
졌다.

◇

파리와 로마를
다녀오다

　　파리의 국립 동양학 대학과 로마 한국문화원에도 시 낭독과 강연을 다녀왔다. 로마는 여성적인 수려함이 빛나는 베네치아와 달리 굉장히 남성적인 기상이 느껴지는 곳이다. 로마에는 베네치아 광장이 있고 베네치아에는 로마 광장이 있으니 어쩌된 일인지 헷갈렸다. 로마에서는 '가야금이 있는 시 낭송'이라는 테마로 가야금 연주자인 박신혜 선생과 함께 시 낭독을 하고 '애도의 아리랑, 우울증의 아리랑, 열락의 아리랑'이라는 제목으로 아리랑에 관한 강연을 했는데 로마의 사피엔자 대학의 학생들이 70여 명 정도나 와서 뜨거운 공감을 보여주었고 성황을 이루었다. 로마 한국문화원은 몇 년 전에 건물을 새로 짓고 입주를 했다고 하는데 지중해풍의 건물과 넓은 마당이 시원하고 아름다웠다. 내부는 한옥 스타일로 정갈한 모습이었는데 첨단 IT 기술로 무장된 '모던 한국'의 한류 드라마 콘텐츠 등이 가득해서 로마의 젊은이들의 호응을 많이 받을 것 같았다. 사피엔자 대학의 한국학 전공 대학생들, 대학원생들과 한국학 교수님들의 뜨거운 참여와 호응이 잊혀지지 않는다. 특히 날카롭고 정열적인 질문들이 참 좋았고 감사했다.

파리 국립동양학대학(이날코)에서의 시 낭독과 강연은 너무도 인상깊었다. 한국어를 열심히 공부하는 파리의 동양대학 학생들과 한국문학을 열심히 가르치고 많은 한국작품을 번역하는 정은진 교수님, 구모덕 선생과의 특별하게 멋진 시간이 잊혀지지 않는다. 정교수에 의하면 프랑스에서 가장 인기를 끄는 한국작가는 황석영, 이승우, 한강, 김영하 작가라고 한다. 파리지엔처럼 어딘지 멋있고 자연스러운 세련미를 가진 파리의 한국학 교수님들과 한국의 시와 소설에 대해 이야기를 나누고 맛있는 식사를 했다. 그들의 열정과 노력이 믿음직스러웠다. 노트르담 성당을 살펴본 후 센 강변을 거닐고 '셰익스피어 앤 컴퍼니' 책방에 들러 오래 된 책들을 구경했다.

그저 우리 작은 한 줌의 토마토 씨앗일지라도.

◇

런던에서

런던에 도착하니 날씨가 매우 흐리고 갑자기 강풍이 몰려와서 어둡고 추웠다. 이렇게 갑자기 추워지고 어두워지는 날씨 때문에 영국에선 이성理性으로 추리를 해서 어둠 속에 잠긴 범인을 잡아내는 추리소설이 발전했다는 말을 듣고 길거리에서 마구 웃었다. 장르와 공간이라니! 그럴듯하지 않은가. 애거서 크리스티의 『나일 강의 비밀』, 『오리엔트 특급 살인』, 『그리고 아무도 없었다』 같은 명작 추리소설들이 생각났다. 나도 읽었고 나의 아이들도 읽은 추리소설이다. 정말 이렇게 갑자기 안개가 휘몰려오고 검은 바람이 불어닥치는 런던에서는 손에 잡히는 감각보다는 합리적 이성과

냉철한 판단력으로 사물을 판단해야 할 것 같았다. 영국에는 애거서 크리스티도 있지만 버지니아 울프도 있다. 옛날 버지니아 울프가 살았고 경제학자 케인즈 등의 케임브리지 엘리트들과 훗날 블룸즈베리 그룹이라는 이름으로 불리게 된 모임을 만들어 세계의 문제를 논하고 담소하고 공부했다던 블룸즈베리 구를 걸어서 돌아다녔다. 솔직히 어느 집에 버니지아 울프가 살았는지 그런 것은 알 수도 없었다. 그냥 블룸즈베리라는 이름이 벅찼다. 그리고 대영 박물관에 갔다. 대영 박물관이라니? 이름 그대로 great 해서 이집트의 유물은 아마 현지 이집트보다 더 많은 지경이고 그리스의 유물들도 많았다. 이집트관에는 로제타 석, 람세스 2세 두상, 미라, 석관, 죽을 때 타고 간다는 태양 배, 인물상, 동물상 등이 전시되어 있고 그리스 파르테논 신전의 한 벽을 몽땅 뜯어왔다는 신전의 벽과 고대 조각들도 셀 수 없이 많았다. 유물이라야 사실은 거의 돌덩어리인데 시간과 역사와 인간의 신화가 서려 있어서 그것들은 빛을 발한다. 대영제국 시절에 식민지에서 빼앗아 왔던 보물들을 이제 세계는 탈식민주의적 목소리를 높여 장물贓物 혹은 약탈문화재라 부른다. 그리고 원래의 나라로 반환할 것을 강력하게 촉구하고 있다. 하긴 대영 박물관에서 영국의 물건은 경비원과 건물밖에 없다니 더 말해서 무엇하랴.

런던의 아시아 아프리카 대학교, 즉 소아스 대학에서 시 낭독과 '한국 현대시의 우울'이라는 제목의 강연을 했다. 대학원생들과 나이 지긋한 교수님들과 방문 학자들이 많이 오셔서 긴장이 되었다. 그레이스 고 교수님의 멋진 통역과 탁월한 소통 능력으로 강연과 낭독은 즐겁게 진행되었다. 말할 필요도 없이 런던대 소아스는 유럽 한국학의 메카다. 한국사, 미술사, 한국문학 등 여러 분야에 한국학 전공 교수들이 포진해 있다. 그들의 한국문학 강의에 대한 열정과 번역에 대한 헌신이 결국은 유럽에서의 한국문학의 영토를 조금씩 확장하고 있는 셈이다. 여행은 결국 사람이다. 이렇게 탁월하고 좋은 학자들을 만나서 재미있는 시간을 보내고 시 낭독과 강연회 등 행사를 하고 한국어를 배우는 외국인 학생들을 만나고 보니 비록 더딜지라도 한국문학의 세계화에 깊은 낙관을 가지게 되었다. 결국은 실핏줄이 문제인 것이다. 실핏줄 안에서 피가 잘 돌면 그 개체의 풍부한 생명력의 지속성과 개화開花를 낙관할 수

·

있지 않은가. 한국문학은 비록 세계문학의 영토 안에서 소수 문학의 자리를 가지고 있지만(주류가 아니라는 점에서) 소수 문학은 소수 문학대로 그 전복적 힘과 리버럴한 개성을 발휘할 수 있다는 것이 내 생각이다. 카프카의 문학처럼 주류 문학이 가지 못하는 영역을 개척하고 전복顚覆적 상상력의 광채로 그 틈새를 확대하여 채우는 것, 그것이 한국문학의 힘이 될 것이다.

나는 괜히 버지니아 울프를 생각하며 블룸즈베리 구를 벅차게 걸으며 젤소미나의 토마토 씨앗을 바람 속에 살짝 심는다.

◇

앰뷸런스 배가
달릴 때

베네치아에 돌아왔다. 며칠만에 돌아오니 마치 집
에 돌아온 것 같았다. 여기는 베네치아-라고 말하는 듯
이 새벽에 깨어 있으면 앰뷸런스 배가 뿌우 뿌우 하고
뱃고동을 울리며 운하를 달리는 소리가 들린다. 캄캄
한 어둠 속을 밤물결을 가르며 앰뷸런스 배를 타고 누
군가 응급실로 실려 가고 있는 것이다. 누가, 왜, 어디
로 가는지는 모른다. 그 / 그녀가 어떤 상태의 응급 환
자인지도 모른다. 새벽에 앰뷸런스 배가 경적을 울리
며 달려가는 소리를 들으면 어둠 속에 귀가 울리고 뇌
가 울리고 실핏줄이 부풀어 오르고 눈동자에 불이 가
득 찬다. 내 가슴도 그렇게 뛴다. 베네치아에서 응급실

을 가려면 배를 타고 가야 하는데 서울에서 앰뷸런스
차를 타고 가는 것보다는 더 시간이 걸리고 늦을 것 같
다. 아무튼 베네치아에서는 응급 질환에 걸리지 말아
야 할 것 같다. 응급실에는 안 가야 할 것 같은데 사람
의 일을 누가 알리?

대낮에 응급 배가 리오를 달려가는 것을 본 적이 있
다. 경적 소리는 다급하고 물살을 가르는 모터가 급박하
다. 배는 옛날 작곡가 바그너가 살았다는 작은 기념관 쪽
으로 물결을 박차며 급히 달려간다. 세상의 모든 길에는
응급차가 달려가기 마련이고 물길에도 앰뷸런스 배는
달린다. 나는 그 차에 탄 응급환자의 행운을 빌면서 배가
달려가는 방향으로 손가락으로 십자가를 그려준다.

토마스 만이 쓴 『베니스에서의 죽음』에서 소년 타
치오에 대한 탐미적 사랑으로 괴로워하던 구스타브 아
셴바흐는 소년의 아름다움에 현혹되어 콜레라가 도는
베네치아를 떠나지 않고 있다가 죽었고 리하르트 바그
너도 베네치아에서 심장마비로 죽었다. 검은 곤돌라가
하얀 관을 싣고 출렁출렁 흘러가는 것 같은 환상이 온
다. 어쨌든 물과 너무 가까이 있는 것은 위험하다. 모래
시계의 모래가 새고 있다. 심장을 보호하라.

◇

인생은 각목 같은 것일지라도
소중한 것은 달걀이다

파리에서 베네치아로 돌아오고 나서 소르본 대학
교 박사 과정 학생에게서 받은 한글 메일 하나가 떠오
른다. "인생은 각목 같은 것일지라도 소중한 것은 달걀
뿐입니다"라는 문장이 자기에게 큰 힘이 된다는 말이
었다. 내 시 「서울의 우울 2」와 「달걀 속의 생 2」를 연결
해서 그 학생이 만든 문장인데 나는 이 문장이 마음에
든다. 세계의 어디에서나 지금은 각목을 든 폭력이나
직접 각목을 들지는 않았더라도 인간 파괴의 공포가
세상을 꽉 메우고 있는데 그럼에도 우리에게 중요한
것은 달걀이라는 것이다. 달걀. 그렇다. 우리는 비록
달걀처럼 연약하고 헐벗어서 아무런 자기방어의 수단

도 없지만 그럼에도 달걀은 중요하다. 달걀은 새로 태어날 수 있기에 모든 것이다. 그 속엔 병아리도 닭도 날개도 부활도 성당의 양초불도 다 들어 있기 때문이다. 생명의 꿈이 깃들어 있기 때문이다. "인생은 각목 같은 것일지라도 소중한 것은 달걀뿐입니다."

그렇다. 언제 어디에서 어떤 상황 속에서 살더라도 우리에게는 '그래도 정신'이라는 것이 있지 않은가.

◇

당신의
런웨이

한 번이 아니다. 왜 이렇게 넘어질까? 카도로 배
정류장에서 나오다가 또 넘어졌다. 뭘, 왜 이렇게 넘어
져? 부주의하니까 넘어지지. 아니야, 나 때문이 아니고
이 베네치아 돌바닥 때문이야. 왜 이렇게 도로를 큰 돌
들로 듬성듬성 엉성하게 만들어놓은 거야? 베네치아
시장은 그렇게 많은 돈을 관광객들로부터 벌면서 도로
하나도 제대로 만들어놓지 못해? 나는 순간 화가 치밀
었고 서울 우리 동네 영동대로의 쭉 뻗은, 푹신하고 매
끄러운 페이브먼트를 생각했다.

베네치아는 겨울에 비가 오면 길에 물이 넘치니
까 수상버스 정류장 앞에 나무계단을 한 단석 쌓아 그

위에 런웨이 같은 긴 나무 통로를 만들어놓는다. 겨울에 해수면이 상승하는 아쿠아 알타가 올 때면 사람들은 장화를 신고 그런 나무 통로로 올라가 걸어야 한다. 그 나무 통로로 올라가는 계단 첫 번째 입구에 그만 발이 걸려 넘어진 것이다. 나무로 만든 런웨이 같은 그 통로에서 발이 걸려 넘어지자 배에서 내려 걸어 나오던 사람들, 배를 타러 가던 사람들이 일제히 나를 주시한다. 구경거리가 난 것이다. 어떤 할머니 한 분이 다가와 "아 유 오케이?" 또 묻는다. 오늘 만난 할머니가 지난번 넘어졌을 때 만난 할머니가 아니기를 바라며 나는 "아임 오케이" 또 의미 없는 답변을 한다. 베네치아에 와서 두 번 넘어졌다. 바로 발밑에서 출렁거리는 운하 물에 빠지지 않은 것이 천만다행이다. 사람들의 눈앞에서 넘어진 것이 제일 민망하고 부끄러웠다.

사실 인생은 런웨이, 그 런웨이에서 가끔 넘어지는 것이고 가장 아픈 것은 그것을 다른 사람들이 보는 것이다. 타인의 눈이 보지만 않는다면 넘어진다고 해서 죽는 것은 아니니 괜찮지 않은가. 갈비뼈와 코와 위쪽 치아와 잇몸이 다 아프다. 넘어지면서 가슴과 얼굴을 꽉 박은 모양이다. 집에 돌아와 거울을 보니 코에서

부기가 내려오면서 멍의 파란 얼룩이 벌써 오른쪽으로 퍼져간다. 멍이 퍼지는 속도는 참으로 빠르다. 내 얼굴은 언제까지 내 얼굴일까? 베네치아에서의 어이없는 좌우명. 다치지 말자. 세상에나, 이 대명천지에 발이 푹푹 빠지는 울퉁불퉁한 돌바닥이 이렇게나 많다니. 그래서 나는 '베네치아의 소녀시대'가 되기에 어김없이 실패했다. 소녀시대가 되기에는 몸이 너무 아둔하고 이미 뼈가 굳은 것이다.

◇

추울 때
더 아름다운 새벽별

초겨울의 새벽, 창문을 열었는데 유난히도 찬란한 새벽별을 보았다. 하늘에 심겨진 한 포기 한 포기 별이라고 불러야 하나. 한 송이 한 송이라고 불러야 하나. 그런 말이 꼭 맞는 송이송이, 포기포기 찬란한 별들이 하늘에 난만하게 피어 있다. 밤하늘을 본 적이 더러 있지만 이렇게 이상하게 경이로운 별을 본 적은 없다. 아무래도 별은 추울 때 더 아름답고 사람도 시련 속에서 더 아름다운 것 같다. 공기가 차갑지만 너무 신선하다. 레몬 사이다의 맛처럼.

◇

안녕, 베네치아,
'알로라'라는 말

알로라

내 말 좀 들어봐,

나, 지금, 여기, 이탈리아야, 베네치아,

고독하지, 뭘, 여기서는 고독해도 괜찮아,

알로라, 입안에 굴려보면

말을 걸 사람이 있어지는 것 같은 느낌,

알로라, 라는 말 참 좋아,

나 이탈리아 말 한 마디도 모르는데

왁자지껄한 속에서도 그냥 그 말이 귓가에 들리는

거야

알로라, 라고

어쩌면 찬란한 우울의 팡세

이탈리아어 왁자지껄하지,

성대한 꽃다발이 이탈리아어 속에 왔다 갔다 하고,

전화를 걸고 처음 하는 말이 알로라, 라면

좀 이상하지, 그들 사이엔 그 전의 통화에서

하던 말이 있었던 거야,

과거의 말이 있고 현재의 말이 있고

내일 할 말이 있어서, 그래서 알로라가 오는 거야,

시간을 접속하는 거야, 뭘 연결하는 거야,

길을 가다가 알로라

말을 하다가 알로라

싸우다가 알로라, 울음을 그치고 알로라

알로라, 나 배가 고파,

그런데 이건 배고픔이 아니고 보고픔인 것 같아,

미소를 지으며

알로라, 나 모레 떠나,

알로라, 인생은 가고 또 오는 거잖아,

알로라, 그럼 잘 가, 또 만나자고는 못하겠지만

알로라, 바다를 향해 배를 타고

꼭 흰 돛단배를 타고 가야 해

안녕,

알로라,

　　　　　　　　　　　-졸시 「'알로라'라는 말」 전문

　　오늘은 짐을 싸고 청소도 하고 남은 쌀을 정리하기 위해서 밥도 수북이 해먹고 나가 기적의 치약이라는 명품 마비스 치약도 사고 서울에 가져가려고 올리브 오일도 한 병 사고 베네치아에서 생산하는 '베네치아의 상인'이라는 향수도 한 병 샀다. 짐을 싸다 보니 늘어난 것이 옷이다. 옷을 별로 산 적도 없는 것 같은데 옷만 늘어서 여행 가방이 터지려고 한다. 입을 것도 없는데 왜 옷가방은 항상 터지는가. 그것이 그렇다. 가난한 사람이 짐이 더 많다. 미니멀리즘이 울고 가겠다.

　　베네치아에 와서 했던 일들, 만났던 사람들이 벌써 그리워진다. 이곳에서의 활동을 정리하면서 조용히 새벽 등불을 끈다. 벽에 걸린 베네치아풍의 그림들이 말없이 나를 내려다보고 있다. 바람 속에 흩어지는 꽃잎 같은 것들이 머리 위로 명멸하면서 눈앞으로 마구 쏟아진다. 그래, 나는 여기 베네치아에 있었다, 바람 속의 꽃잎같이.

그림을 그리는
앞집 남자

　내가 말했던가? 앞집 이층에 그림을 그리는 젊은 남자가 이사를 왔다고?

　사실 앞집과 우리 집은 거리가 너무 가까워 손을 내밀면 앞집 유리창이 닿을 듯했다. 그리고 커튼을 쳐도 서로 훤히 들여다보이는 사이라고. 그런데 어느 날부터인가 한 젊은 남자가 이층 창가에 앉아 이젤을 세워두고 그림을 그리고 있는 것이었다. 내가 무슨 관심이 있어서 그 남자를 훔쳐본 것이 아니라 베네치아 골목집의 구조가 조금만 유리창 쪽으로 몸을 내밀면 앞집이 서로 훤히 들여다보이는 사이니까. 남자는 내 쪽에서 보면 오른쪽 벽에 이젤을 세워두고 그림을 그리고 있었는데 무슨 그림을 그리고 있는 것인지 나는 몹시 궁금했다. 그리고 지난번 원단 회사가 있었을 때 사람들이 종이 서류를 놓고 담화를 나누고 계약 비슷한 일을 하던 큰 탁자에는 여러 개의 팔레트와 수채화 물감과 유화 물감들이 흐트러져 있고 크고 작은 붓들과 붓을 씻는 물통 같은 것이 어지럽게 놓여 있었다. 창문을 통해서 내 쪽에서는 레오나르도 디카프리오를 닮은 그의 오른쪽 얼굴과 붓을 든 하얀 오른쪽 팔만 보였고 캔버스의 정면은 보이지 않으니 그가 그리는 그림을 볼 수는 없었다. 그는 어떤 사람일까? 그는 무슨 그림을 그리는 것일까? 모델도 외부 풍경도 없이 오직 벽을 향해 앉아 그림을 그리고 있으니 그럼 그는 추상화가? 초현실주의자? 아니면 베네치아에서 많이 보이던 정물화? 풍경화? 종교화? 세모와 네모와 동그라미를 그리던 몬드리안의 기하학적 세계? 모르긴 하지만 삶과 사랑과 죽음이 있는 인간과 자연의 세계를 그리겠지.

떠나는 날까지도 그 남자가 그리는 그림에 대해 아무것도 알 수 없었다. 마지막 날 아침에 유리창 문을 닫으면서 나는 단호하게 말했다. 그래, 그렇다. 아무것도 더 이상은 궁금해하지 말자. 그는 그의 그림을 그리고 나는 나의 시를 쓰는 것이다. 그는 자신의 삶을 살고 나는 나의 삶을 살아가는 것이다. 그가 그리는 그림의 세계와 내가 쓰는 시의 세계는 서로 아무것도 알지 못하는 미지의 세계다. 앞으로 평생 서로 마주칠 일이 없고 지구상에 그런 사람이 존재하는지조차 모르고 살다가 죽어가지만 중요한 것은 우리가 제각기 시간 속에 몸을 기울여 자신의 작업에 망아의 몰두를 했다는 것이 아닐까? 김수영의 말대로 이마에 파란 힘줄이 돋는 그 사랑의 집중 말이다. 나는 지금도 그 남자가 그리던 그림의 세계가 궁금하다. 아마 오늘 그 공백을 가득 채우지 않으면 죽기 때문에 그 남자도 캔버스를 무언가로 채우고 있었던 것인지도 모른다. 몰두하라! 어느 것에든 사랑의 집중을!

길가 집의 벽감에 모셔진 성인과 아기예수에게 바쳐진 꽃

◇

Once is
Enough

마지막 말이 "이만하면 됐어"라는 말이기를 나는
바란다. 더 이상 필요한 것도 욕구할 것도 요구할 것도
없는 상태. "이만하면 됐어"라는 말이 생각나기를 바
란다. 이제 곧 베네치아를 떠난다. 공항 의자에 앉아 마
치 피아노를 치듯이 노트북을 두드린다. 라흐마니노프
의 피아노 속도로. 아름다움으로 숨죽였던 순간도 많
았고 갈등 관계로 우여곡절도 많았고 좋은 사람도 미
운 사람도 생겼지만 "이만하면 됐어"라고 말하고 나는
베네치아를 떠나고 싶다.

한 번뿐인 순간.

Once is Enough.

인간으로서 더 무엇을 바란단 말인가?

목에 걸린 순간의 목걸이가 찬란한 햇빛 아래 광채를 뿜으며 부서질 때 얼굴에 빛나는 그 순간의 영광. 그 일회적 존재인 인간의 비극 속에 인간의 영광이 순간적으로 놓인다. 우리는 어쨌든 시간이라는 배를 탄 순간부터 일회적 존재니까.

우리와 함께 배를 타고 있는 해골 바니타스를 보았는가. 가면을 쓰고 발아래 그림자 구석에 숨어 늘 우리를 따라다니고 있는 해골의 모습. 바니타스. 그리고 카르페 디엠.

당신의 인생이 카날그란데처럼 웅장한 물결로 아름답게 물결치며 늘 풍요롭기를 바랍니다. 당신의 인생이 산 마르코 성당처럼 많은 사람들의 축복 속에 불멸의 사랑을 받고 광장의 사람들의 눈물을 씻어주기를 바랍니다.

야경이 더 아름다운 산 마르코 불멸의 금빛 광장처럼 당신의 인생도 어둠 속에 더 빛나기를 바라고 타인들의 인생을 더 밝게 비춰주기를 바랍니다.

바니타스와 카르페 디엠. 많은 축복을 받고 나는 캐리어를 끌고 베네치아를 떠난다. 캐리어를 끌고 공항 속으로 미끄러지듯 걸어가는 길이 나의 런웨이인 것만 같다. 그렇다. 우리는 다 자기의 런웨이를 걷고 있는 것이다. 비록 레드 카펫은 없을지라도 우리는 우리의 런웨이를 순간순간 걷고 있다. 런웨이에는 끝이 있어서 런웨이는 허무의 감각이 넘쳐흐르는 길이다. 그래서 더욱 찬란한 길, 나의 런웨이. 레드 카펫이 없으면 어떤가? 보이는 세계만이 존재하는 것은 아니다. 보이지 않는 세계에서 우리는 각자 자기의 레드 카펫을 걷고 있고 각자 자신의 런웨이를 걸어나가면 된다.

줄리오, 안녕. 베네치아에서 잘 지내고 다음에 서울에서 봐요. 출국장 앞의 의자에 앉아 나는 줄리오에게 한국학 공부를 계속 하라고 신신당부를 하고 헤어졌다. 그러나 줄리오는 베네치아의 세종학당이 문을 닫는 바람에 지금은 아랍 에미리트의 승무원이 되어 바람의 날개를 달고 유목의 삶을 살고 있다고 한다.

"한 장의 잎사귀처럼 걸어다니라. 당신이 언제라도 떨어져 내릴 수 있음을 기억하라." 순례자 시인 나오미 쉬하브 나이의 문장이 생각난다. 죽을 때 침상에서 Once is Enough라고 말할 수 있으려면 얼마나 충실한 오늘을 살아야 하나?

◇

안녕히,
씨뇨라 킴

　　한국에 돌아와서 여성 시인의 시에 대하여 짧은 평문을 하나 썼는데 출판사 여성 대리님한테서 연락이 왔다 '그녀'라는 인칭대명사를 '그'로 바꾸면 안 되겠냐고 물었다. "아니, 왜요? 그녀란 말이 저는 좋은데요." "'그녀'가 성차별적 인칭대명사라고 해서 요즈음 거의 안 쓰고 '그'로 고치고 있어요." "'그녀'가 왜 성차별적 대명사예요? '그녀'는 그녀죠, 그녀는 그녀일 때, 그녀이기에 아름답죠. 그리고 페미니즘이란 여성의 여성성을 인정하는 것에서부터 시작된다고 생각하는데요." '그녀'를 '그'로 고치면 성 우대적 인칭대명사?

베네치아의 태양 아래서

나는 씨뇨라라는 호칭으로 불리었다

아주머니는 씨뇨라, 아저씨는 씨뇨레, 아가씨는 씨
뇨리나라고

가장 멋진 것은 씨뇨리나인데

앗, 그만 나는 옛날에 결혼했지

씨뇨리나에서는 탈락

모나 리자, 모나는 사모님 같은, 유부녀의 경칭

모나로 불리울 일은 없었고

오 솔레미오, 곤돌라를 타고 수상버스를 타고

산타루치아 역을 지나

산마르코 공항으로 가서

비행기를 타고 하얀 백설이 뒤덮인 남 알프스를
넘어

파리로 가니 어느새 마담이 되어 있다,

마담이라면 적어도 마담 보바리나 줄리엣 그레코

브람스를 좋아하세요? 프랑수아즈 사강이나 클라
라 슈만

뭐 그런 명곡의 위엄과 장밋빛 향기

파리 동양학 대학에서는 선생님, 뭐 그런 호칭을 들
었고

　파리에 갔다가 런던으로 갔더니 미시즈,
　미스터는 아니니까 뭐 미시즈,
　다시 돌아와 씨뇨라,
　몇 달 동안 이렇게 호칭이 세 번 바뀌었다
　호칭이 바뀔 때마다 새로운 정체성이 생기고
　오그라든 허리가 쭉 펴지고
　곰이 되었다가 꼬리가 되었다가 인어가 되었다가
　장밋빛 인생이
　오 솔레미오가 들리는 것도 같은데

　석 달 후
　인천공항 리무진 매표소 앞에서
　한 아가씨가 내가 매표소 창턱에 놓고 온 손지갑을
건네주며
　아줌마, 하고 크게 부른다
　그래, 이제야 올 곳에 왔다는 느낌,
　(이방의 호칭은 뭔가 자아에 향기를 부어주는 듯

아리스토텔레스 이후 그것은 늘 그렇다

이방의 말은 늘 약간 시적이니까)

물 빠진 몸빼같이 광채가 순식간에 다 빠지고

안녕, 투스카니 태양 아래서

포도밭에서 노는 아이들을 부르던 풍만한 씨뇨라여,

동전을 던지며 손뼉 치며 웃던 트레비 분수여

오 솔레미오를 부르던 인생의 빛나는 가슴이여

때로는 호칭이 정체성을 바꾸고

얼굴을 바꾸고

몸짓을 바꾸고

자태를 바꾸고

세계를 바꾼다

힘없는 날, 가만히 벽에 대고 나 혼자 불러본다, 씨
뇨라 킴

—졸시 「그녀에 대하여」 전문

씨뇨라 킴이라고 불러보면 이상하게도 몸에서 하
얀 김이 나는 것 같고 사슴의 다리처럼 다리에 막 힘이
생기고 '오 솔레미오'의 찬란한 빛이 몸에 들어오고 젤

소미나의 토마토 씨앗이 막 땅에서 피어나 올라온다. 그와 동시에 누군가 내 심장에 다이아몬드 커팅을 하는 듯 쓰라린 아픔이 싸아하게 몰려온다.

씨뇨라 킴. 어쨌든지 힘내라. 또 토마토 씨앗을 심어야지. (*)